BILLY THE KID

HISTÓRIA DE UM BANDIDO

PAT GARRETT

BILLY THE KID

HISTÓRIA DE UM BANDIDO

Tradução de Rosaura Eichenberg

www.lpm.com.br

L&PM POCKET

Coleção **L&PM** POCKET, vol. 132

Texto de acordo com a nova ortografia.

Título original: *The Authentic Life of Billy the Kid*

Este livro foi publicado anteriormente, pela L&PM Editores, na coleção Biografias/L&PM, em formato 14x21cm, em outubro de 1986.
Primeira edição na Coleção **L&PM** POCKET: setembro de 1998

Tradução: Rosaura Eichenberg
Capa: Marco Cena
Revisão: Flávio Dotti Cesa

B599g

Garrett, Pat
Billy the Kid / Pat Garrett; tradução de Rosaura Eichenberg. – Porto Alegre: L&PM, 2011.
208 p. ; 18 cm.. – (Coleção L&PM POCKET; v.132)

ISBN: 978-85-254-0852-5

1. Billy the Kid, 1859-1881-Biografia. 2.Bonney, William H., 1859-1881-Biografia. I.Título. II.Série.

CDU 929 Billy the Kid

Catalogação elaborada por Izabel A. Merlo, CRB 10/329.

Rua Comendador Coruja, 314, loja 9 – Floresta – 90220-180
Porto Alegre – RS – Brasil / Fone: 51.3225.5777 – Fax: 51.3221.5380

PEDIDOS & DEPTO. COMERCIAL: vendas@lpm.com.br
FALE CONOSCO: info@lpm.com.br
www.lpm.com.br

Impresso pela Meta Brasil
2021

Índice

Paixão e Mortes de Billy the Kid

Eduardo Bueno

Billy don't it make ya feel so low-down
*To be hunted by the man who was your friend?**

O encontro estava marcado para a hora do nascer da lua.

Quando o cavalo deslizou pela ribanceira, derrubando moitas e arbustos retorcidos, os primeiros raios de um luar amarelado refletiam-se na correnteza serena do rio Pecos como os pedaços de um espelho partido. O homem que usava a estrela desmontou, caminhou pela areia branca da margem e olhou ao redor. Cactos lançavam uma estranha sombra ao solo. O vento cálido do verão soprava de montanhas distantes.

O homem tinha as espáduas largas e vestia um traje negro. Era alto, quase 1,95m. Dois revólveres Colt 44 lhe pendiam da cintura. O rifle Winchester estava na bainha da sela. Seus olhos brilhavam insondáveis acima do bigode de "matador" – naqueles dias, a maioria dos xerifes e pistoleiros do Oeste ostentava um bigode caído, que justificava o apelido.

Ele estivera nas expedições punitivas contra os comanches e caçara búfalos nas planícies do sul do Texas. Era um cavaleiro ousado, hábil com o laço. Atirava com precisão milimétrica – meses antes, havia cortado as amarras de dois cavalos para impedir uma fuga, atirando de longe. Não raro atravessava a noite

* "Billy, mas o que te deixa mais deprimido / não é ser caçado pelo homem que era teu amigo?" (Bob Dylan, 1973).

jogando pôquer ou monte. Quando não estava no campo, gostava de trajar roupas vistosas. Fora sempre um mão aberta, mas poucos não o temiam.

Minutos depois que desmontara, seu delegado, John W. Poe, chegou a galope ao local combinado – uma pequena península, La Punta de la Glorietta, na margem do ardente Pecos. E vinha sem novidade alguma: em Fort Sumner, o lugarejo a quatro milhas dali, não havia sinais do assassino que buscavam. Mais uma vez os informantes estavam errados. A caçada humana prosseguiria.

Os dois homens então partiram. Poucas milhas além, pararam para acampar ao lado de velhas ruínas mexicanas, sob os restos de um pomar. Desencilharam os cavalos ao redor da pequena fogueira e, enquanto bebiam café quente e forte, ouviram vozes vindas do outro lado daqueles muros ruídos.

Era a noite de 14 de junho de 1881. O homem alto e forte, Patrick Floyd Garrett, 31 anos, xerife do condado de Lincoln, Novo México, finalmente iria encontrar e matar seu antigo companheiro de aventuras e noitadas: William H. Bonney, 21 anos, conhecido como Billy the Kid – o mais temido e sanguinário *desperado* do Sudoeste dos Estados Unidos, cuja cabeça estava a prêmio há mais de dois anos.

Pat Garrett e Billy the Kid conheceram-se em 1878 nas ruas poeirentas e *saloons* mexicanos de Fort Sumner, o entreposto militar construído às pressas, em 1862, para assegurar a remoção dos Navajo de suas terras, em Bosque Redondo, quase na fronteira entre o Novo México e o Texas. Ambos eram bons atiradores, bons bebedores e constantes jogadores de pôquer e de monte. Ambos gostavam de emoções fortes, noites sob as estrelas, mulheres, caçadas e tiroteios. A amizade parece ter sido instantânea.

Billy aparecera em Fort Sumner em 1877, deixando atrás de si um passado nebuloso. Garrett, nascido a 5 de junho de 1850 no Alabama, chegou logo a seguir, mas era homem bem conhecido e que em breve se tornaria amigo dos principais pecuaristas do condado de Lincoln. Criado em Louisiana, arranjara seu primeiro emprego em 1869, como peão em Lancaster, condado de Dallas, no centro do Texas. Lá, trabalhou para um criador de gado cujo rebanho marcado se espalhava até Red River, por umas boas cem milhas, quase até a fronteira com Oklahoma, no norte. Seis anos depois, já estava adestrado nas artes de cavalgar, laçar, atirar e matar.

De 1875 a 1877, Garrett tornou-se caçador de búfalos nas cercanias do antigo Fort Grifftin e nas planícies do sul do Texas. É provável que nesta mesma época tenha participado também de uma das expedições punitivas contra os comanches, que então atacavam amargamente revoltados com a matança de búfalos em seu território de caça no inverno.

Nos primeiros meses de 1878, Pat chegou ao vale do Pecos, onde trabalhou em vários ranchos como arrebanhador de cavalos e vaqueiro. Deve ter conhecido the Kid quase de imediato, principalmente se, de fato, houver trabalhado também como *bartender* no *saloon* de Beaver Smith, em Fort Sumner, como querem alguns pesquisadores. De qualquer modo, Garrett garante ter escutado "em narrativas desconexas" muito sobre os primeiros (e, depois, mitológicos) anos de vida de Billy, relembrados pelo próprio, "ao pé das fogueiras, nas trilhas, nos campos e em muitas *plazas* diferentes", durante as inúmeras andanças destes dois homens pelas vastidões áridas do Novo México.

Em janeiro de 1880, porém, Pat casou-se com Polinaria Gutierrez e no outono do mesmo ano foi eleito xerife do condado de Lincoln, numa chapa oposicionista apoiada por John Chisum, conhecido como o "Rei do Gado do Novo México", por George Curry, que mais tarde seria governador, e por outros líderes locais. Contava também com a simpatia de muitos hispano-americanos, já que mantinha boa relação com o povo de sua mulher. A primeira missão que lhe caiu sobre os ombros era pesada: capturar Billy the Kid.

Os barões do gado e um pequeno ladrão

A região ainda sofria o impacto da "Guerra do Gado do condado de Lincoln", que estourara em 1877, coincidindo com a chegada de the Kid, e que deixaria inúmeros mortos, saques incontáveis, assassinatos covardes, linchamentos e massacres, concentrando poder político nas mãos de conservadores. Pat Garrett e Billy the Kid foram apenas peões no sangrento tabuleiro deste confronto entre capitalistas proeminentes.

A famigerada *Lincoln County Cattle War* envolvia, de um lado, o grupo de John Chisum, dono de um rebanho com quase cem mil cabeças que ocupava as terras usurpadas aos Navajo, em Bosque Redondo.

Quando esse rebanho imenso movia-se para o sul, pelo vale do Pecos, levava de roldão rebanhos menores, absorvendo-os sem que seus proprietários tivessem muitas chances de reavê-los. Do lado de Chisum estavam John Tunstall, um imigrante inglês de 24 anos, e o advogado Alexander McSween, fundadores do Lincoln County Bank e ambos figuras destacadas no quadro econômico local.

Seus ferrenhos adversários políticos eram dois irlandeses, donos do armazém atacadista The House, J.J. Dolan e John Riley, que praticamente monopolizavam o comércio de Lincoln e que ainda obtinham grandes vantagens financeiras graças ao contrato que os transformara em fornecedores exclusivos de carne para o Exército e para as reservas indígenas. Dolan e Riley, e outros ex-oficiais do Exército, faziam parte do chamado "Grupo de Santa Fé". A eles uniram-se muitos dos pequenos fazendeiros da região indignados com a prepotência de Chisum, cujo rebanho ocupava boa parte das terras públicas da região.

O conflito começou a germinar no verão de 1876 e estourou na primavera de 1877. Billy, então com dezessete anos, mas já um excelente atirador, fora contratado como guarda dos rebanhos da facção Riley Dolan. No outono de 1877, porém, mudou surpreendentemente de lado, assinando contrato com John H. Tunstall, com quem parece ter simpatizado ao primeiro encontro. Muitos de seus antigos companheiros de bando juraram vingança, que não se cumpriria.

Foi logo depois de the Kid trocar de lado que a guerra estourou de fato. Tunstall, Chisum e McSween não viam razão pela qual comerciantes "almofadinhas" como Dolan e Riley – praticamente sem experiência alguma na criação de gado –, pudessem obter todos os benefícios da comercialização de carne para o Exército, sem que eles – fazendeiros tradicionais – abocanhassem sua parte. Quando Tunstall abriu um bazar atacadista em Lincoln, para fazer concorrência a The House, a tensão tornou-se insustentável. E o jovem patrão de the Kid seria morto logo a seguir.

Os historiadores da Guerra do Gado não duvidam que foi o brutal assassinato de Tunstall a principal causa para a eclosão do conflito. Fato ou não, a verdade é que foi justamente depois deste crime que Billy enveredaria em definitivo pela "carreira do mal". Poucos meses se passariam antes que ele matasse, pelo menos, um dos assassinos de seu patrão.

Os ex-delegados William Morton e Frank Baker, acusados do crime, haviam sido aprisionados pelo grupo de the Kid junto ao rio Peñasco, um tributário do Pecos. Eles estavam sendo conduzidos a Lincoln sob o juramento do chefe de seus captores, William Brewer, de que receberiam um julgamento honesto na cidade. Para the Kid, porém, a lei sempre fora demasiado lenta: Morton e Baker, que estavam desarmados, e um terceiro personagem, que aparentemente se opusera ao assassinato, foram mortos nos arredores de Lincoln. Até hoje não se sabe ao certo quantos, ou quem, the Kid matou. Mas pelo menos um deles – Morton ou Baker – caiu a um tiro seu.

O homem que matou the Kid

Nos meses seguintes, os assassinatos prosseguiriam, a ponto de "não causarem mais horror ou espanto". Mas quando Alex McSween, o advogado, também foi morto – no único episódio público do conflito e do qual, evidentemente, the Kid participou –, a guerra diminuiu muito em intensidade. Billy the Kid – que a esta altura já havia matado também o xerife de Lincoln,

William Brady – voltaria então a ser o que, segundo um contemporâneo, sempre fora, "apenas um pequeno e mirrado ladrão de cavalos e de gado".

Mas um pequeno ladrão com a cabeça a prêmio por um bom dinheiro: o governador do Novo México, Lew Wallace – autor de um clássico da literatura, norte-americana, *Ben-Hur* –, depois de ter anistiado praticamente todos os envolvidos na Guerra do Gado, ofereceu um prêmio de quinhentos dólares pela captura de the Kid. Mas o povo de Lincoln – indignado com as mortes de Morton, Baker, Brady e, mais tarde, o assassinato covarde de Jimmy Carlyle – triplicou a oferta. E é então que Pat Garrett, mesmo tendo sido eleito pelo grupo de Chisum, ao qual the Kid estivera ligado, entra em cena para acabar com a carreira do ladrão "pequeno e mirrado", com um providencial tiro na penumbra.

Depois de matar "o mais temido e sanguinário desperado do Sudoeste", Garrett, além de embolsar os 1.500 dólares de recompensa, tornou-se também um homem nacionalmente famoso. Cumpriu mais três anos de mandato e, a seguir, foi ser rancheiro em Fort Stanton. Em 1884 já havia juntado uma quantidade razoável de gado. O fascínio da estrela de xerife, entretanto, era forte demais e Pat logo se viu como capitão dos Texas Rangers, em Pan Handle. Mais que o Estado do Texas, eram os grandes criadores que pagavam esse corpo de guarda, que tinha a missão de acabar com o roubo de gado e de cavalos na região. Segundo algumas fontes, Garrett matou pelo menos sete homens nos quatro anos em que vasculhou o árido Llano Estacado, nos arredores de Pan Handle, Texas.

Em 1889, ele voltou ao Novo México e candidatou-se a xerife do condado Chaves, vizinho de

Lincoln, mas foi derrotado por um candidato apoiado por seu antigo delegado John Poe, agora um banqueiro bem-sucedido. Garrett ficou magoado com a derrota e, acompanhado de seu fiel amigo Ash Upson, mudou-se para Uvalde, sul do Texas, onde adquiriu um rancho de cavalos e tornou-se delegado da cidade. Em 1898, retornou ao Novo México e colocou no peito a estrela de xerife do condado de Doña Ana.

Em 1901, o presidente Theodore Roosevelt nomeou Pat cobrador de impostos em El Paso, fronteira com o México. Esse cargo foi o ponto alto da carreira pública do matador de Billy the Kid. Garrett exerceu a função durante quatro anos, mas lhe recusaram uma nova nomeação porque ele havia apresentado ao presidente um amigo seu, Tom Powers, dono de um *saloon* em El Paso, como um dos maiores criadores de gado do Texas. Isso aconteceu em 1905, na reunião dos Cavaleiros de Regimento, em San Antonio, ocasião em que Pat era um convidado especial do presidente. Os adeptos da oposição em El Paso, que censuravam o seu envolvimento cada vez maior com o pôquer e as corridas de cavalo, usaram o incidente Powers para desacreditá-lo junto a Roosevelt.

Quando lhe recusaram a nova nomeação, Garrett, então com 55 anos, retirou-se para sua casa, no vale Mesilla, às margens do rio Grande, e começou a formar um rancho de cavalos na região próxima às montanhas Organ. Não foi um empreendimento bem-sucedido e nos últimos anos de vida o velho xerife teve problemas financeiros. Tornou-se brigão e frequentador dos piores saloons. Os sujeitos com quem jogava pôquer temiam-no nos seus períodos de mau humor.

No dia 29 de fevereiro de 1908, dezenove anos depois de matar the Kid, Pat Garrett foi morto quando ia de seu rancho, nas montanhas Organ, para Las Cruces. Pat começou a viagem numa diligência aberta, conduzida por Carl Adamson. Wayne Brazil, arrendatário de Garrett no rancho, confessou que desferiu o tiro que matou o ex-xerife, mas alegou legítima defesa. O júri, apesar da evidência de que Pat recebera o tiro na parte de trás da cabeça e de que morrera com uma luva na mão com a qual deveria puxar o gatilho, declarou Brazil "inocente".

Para J. C. Dykes, autor de *Billy the Kid – The Bibliography of a Legend* (Albuquerque, 1952) e também de uma das mais famosas introduções ao livro de Garrett, Pat "foi morto por Adamson, que usou o revólver de Brazil".

"Quando Pat saiu da charrete para urinar, colocou-se atrás do carro, de costas para Adamson, que se virou no assento e acertou-o na parte de trás da cabeça, atirando de apenas um metro e meio de distância. Deu o segundo tiro depois que Pat já estava no chão, morto ou morrendo, para assegurar-se de que encontrariam uma bala que identificasse o revólver usado. Adamson e Brazil haviam trocado de arma antes de sair do rancho e, depois do assassinato, voltaram a fazê-lo. Brazil então foi a cavalo até a cidade e 'confessou' o assassinato. 'Pat o tinha ameaçado na presença de testemunhas e ele podia alegar legítima defesa', diz Dykes, citando o historiador e romancista Hoffman Birney, que pesquisou profundamente o assunto. Segundo Dykes, "Brazil recebeu 1.500 dólares para assumir a culpa. Adamson ficou livre de suspeitas, por causa da rendição e confissão do companheiro".

O Robin Hood do Colt 44

E, assim, o corpo de Pat Garrett – o matador de búfalos e comanches, antigo xerife dos condados de Lincoln e Doña Ana, ex-capitão dos Texas Rangers, rancheiro, criador de cavalos, mão aberta e ilustre justiceiro de Billy the Kid – permaneceu por mais de dez horas estendido sobre o leito poeirento da estrada de Las Cruces, nas cercanias do lamacento rio Grande. Foi enterrado sem pompa em El Paso.

Antes de cair em desgraça com a administração federal e tornar-se um jogador compulsivo, beberrão e mal-humorado, Pat Garrett gozara alguns momentos de glória. Nenhum, porém, fora maior do que o almoço em San Antonio no qual, a pedido do próprio Roosevelt, contara ao presidente como matou the Kid. Na ocasião, praticamente repetiu o que escrevera no seu *The Authentic Life of Billy the Kid*, que havia sido publicado 23 anos antes, em 1882. Mais do que o tiro, fora o próprio livro que tornara Pat uma celebridade. Poucos sabiam, entretanto, que ele não era o autor – ou pelo menos não o único autor – deste que é um dos mais famosos e citados relatos sobre a vida na fronteira.

Na introdução, Garrett declara que seu principal propósito ao escrever o livro fora "corrigir as milhares de falsas informações que apareceram nos jornais e romances baratos". Suas insistentes afirmações de que se tratava de um levantamento minucioso e verídico, somadas ao seu status oficial como xerife do condado na época em que foi publicado, fizeram com que o livro fosse aceito pela maioria como um relato factual da vida errante e crimes inúmeros de the Kid. Os fatos, porém, são um pouco diferentes.

Desde a noite em que Billy foi morto até abril de 1882, quando *A Verdadeira Vida de Billy the Kid* surgiu pela primeira vez, nada menos do que oito "romances baratos de capa amarela" haviam sido lançados nos Estados Unidos. Juntos, venderam mais de um milhão de exemplares. Todos exageravam largamente as façanhas e o número de vítimas de the Kid, transformando o garoto numa das legendas mais difundidas da vida violenta da fronteira norte-americana. Nenhum livro, porém, foi mais importante na fabricação do mito de Billy the Kid do que este que está em suas mãos.

Para J.C. Dykes, a maior autoridade no assunto, *The Authentic Life* continua sendo o "principal responsável pela perpetuação das histórias não documentadas sobre os primeiros anos da vida de Billy (...), a maioria das quais são absolutamente suspeitas". Em sua clássica introdução, feita em 1952, o historiador enumera "os incidentes relacionados no livro e que jamais se comprovaram, embora muitos os tenham aceito como fatos".

São eles:

1) A história de the Kid ser um "perito em cartas" com oito ou nove anos. (Capítulo I).

2) O assassinato a faca do vagabundo que insultou sua mãe quando the Kid tinha uns doze anos (Capítulo II). Uma pesquisa exaustiva de Bob Mullins e Phil Rasch, dois estudiosos ávidos da "lenda the Kid", publicada no New Mexico Folklore Record (vol. VII, 1952), acaba definitivamente com este episódio, que é a própria pedra fundamental do mito do herói.

3) O assassinato dos três apaches perto de Fort Bowie, Arizona (Capítulo II).

4) A corrida de cavalos perto de San Simon que Billy perdeu, mas ganhou (Capítulo II).

5) O assassinato do soldado ferreiro em Fort Bowie (Capítulo II).

6) O interlúdio mexicano no qual the Kid e um amigo mataram vários banqueiros de monte (Capítulo IV).

7) A libertação do comboio de imigrantes, feita por the Kid e Jesse Evans (Capítulo VI).

8) A cavalgada de 130 quilômetros em seis horas, com the Kid montando seu "fiel cinzento", para libertar Melquiadez Segura da cadeia de San Elizario, Texas (Capítulo VI).

9) A escaramuça de the Kid e O'Keefe com os apaches nas montanhas Guadalupe (Capítulo VII).

Os escritores sensacionalistas narraram repetidamente estes mesmos "clichês", e até as palavras não mudaram muito desde a década de 1840. É justamente aqui que entra em cena o outro – e provavelmente o principal – autor de *The Authentic Life,* o jornalista itinerante Marshall Ashmun Upson.

Ash Upson nasceu no mesmo dia em que the Kid, 23 de novembro, porém em 1828 e em Connecticut. Quando chegou ao Novo México, durante a Guerra Civil norte-americana, já havia trabalhado como repórter para o *Herald* de Nova York e, depois que se mudou para o Novo México, publicou artigos em jornais e revistas importantes de todo o Sudoeste. Foi agente do correio em Roswell, Texas, e também juiz de paz no leste do condado de Lincoln. Transformou-se num dos mais famosos jornalistas do Novo México no seu tempo.

Na época em que "colaborou" com Pat Garrett neste livro, trabalhava para o próprio xerife. Alguns pesquisadores afirmam que Garrett era virtualmente analfabeto e que teve que empregar Upson como escrivão para cuidar dos registros da delegacia. Como no Novo México o xerife era também cobrador de impostos, a maior parte das autoridades policiais contratava um delegado qualificado para o trabalho de escriturário. Garrett e Upson tornaram-se amigos íntimos, e essa amizade durou até a morte de Upson em Uvalde, Texas, no ano de 1894.

Parece seguro atribuir os oito primeiros capítulos do livro a Upson. Neles, transbordam palavras floreadas, de acordo com o estilo extravagante dos escritores da fronteira. Upson era um repórter competente e sagaz, mas, ao preparar esses capítulos, agiu mais como um romancista barato. Os feitos que narra acabaram por transformar the Kid numa espécie de Robin Hood do Sudoeste.

A parte central do livro – dos capítulos VIII a XV – conta o que aconteceu em Lincoln desde a chegada de Billy em 1877 até outubro de 1880, quando Garrett tornou-se xerife. Provavelmente Upson e Pat trabalharam juntos para escrevê-los, cada um contribuindo com o que sabia ou ouvira. Mas é, em primeiro lugar, a Upson que se deve atribuir também a responsabilidade por quase todo este trecho. Em vários momentos, surgem alguns versos para ilustrar determinados acontecimentos. Pat Garrett não era exatamente um poeta.

Os últimos oito capítulos são a principal contribuição de Garrett ao livro. Em contraste com o resto, aparecem como a narrativa bem direta de uma caçada humana. Se Upson os escreveu, parece evidente que Pat não lhe deu muita liberdade para mudar seu linguajar simples da fronteira. É interessante notar também que nenhum poema dá o "ar de sua graça" nestes trechos.

Dois episódios polêmicos são narrados nos últimos capítulos: a fuga de the Kid da prisão de Lincoln e, evidentemente, sua morte pelas mãos de Garrett. Billy fora capturado por seu antigo companheiro em 20 de dezembro, nas proximidades de Fort Sumner, e conduzido para a cadeia da cidade de Mesilla, condado de Doña Ana, onde, a 1º de abril de 1881, o júri não precisou mais do que quatro horas para condená-lo à forca pelo assassinato do xerife Brady. O enforcamento foi marcado para o dia 13 de maio, em Lincoln, para onde the Kid foi transferido logo a seguir.

No dia 28 de abril, duas semanas antes da execução, Billy the Kid voltaria a surpreender o Novo México escapando da cadeia depois de matar os delegados J.W. Bell e Robert Olinger. Muitas versões sobre esta fuga já foram escritas; praticamente todas se baseiam no relato apresentado no capítulo XXII deste livro. Segundo o coronel Maurice G. Fulton – que, ao lado de Dykes é o grande conhecedor do assunto e autor de uma introdução detalhista para a edição que a Macmillan lançou em 1927 –, the Kid teria contado a um companheiro uma história bastante parecida com a de Pat, só que, de acordo com seu relato, teria permitido que Bell chegasse ao topo da escada, onde o golpeou com uma algema pendente, da qual conseguira tirar a mão esquerda.

O golpe não atordoou Bell e ele começou a descer a escada para dar o alarme. The Kid então o matou, provavelmente com o próprio revólver de Bell ou, como querem alguns, com a pistola que um simpatizante deixara para ele, na privada. Bell, um ex-membro dos Texas Rangers, tinha tratado the Kid bem e ele comentou com amigos que lamentava ter sido forçado a matá-lo.

A seguir, Billy liquidou Olinger, que voltava de um restaurante próximo, disparando da sacada da delegacia para a rua, com a espingarda do próprio Olinger – que o bandido vira ser carregada com dezoito balas em cada cano; ambos se odiavam e Billy perfurou seu desafeto com trinta e seis balas. A seguir, permaneceu por mais de uma hora na delegacia antes de partir. Garrett estava cobrando impostos em White Oaks. Ninguém mais se arriscaria a enfrentar o bandido.

Quanto à "execução" de the Kid, além do depoimento de Garrett, no capítulo XIII, existe também a versão do delegado John W. Poe, que participou da perseguição final. Sua história foi publicada pela primeira vez em Londres, em 1919, e recebeu sua edição definitiva, em capa dura e com o título *The Death of Billy the Kid*, em 1933. A versão de Poe é um pouco mais detalhada, mas substancialmente igual à de Garrett.

Mortes porque sim

A lenda sobre o número de homens mortos por the Kid – "vinte e um sem contar mexicanos e índios" – continua sendo uma das questões mais polêmicas em torno desta história toda. Só que, desta vez, o exagero não foi obra de Garrett e Upson. Em 21 de março de 1881, portanto, antes da publicação de *The Authentic Life*, o jornal Weekly Democrat, de Santa Fé, afirmava no obituário de the Kid que ele "se vangloriava de ter matado um homem para cada ano de sua vida". O Democrat, entretanto, lhe atribuía apenas dezesseis vítimas.

Em 1891, Frank Hafi, na sua *History of the State of Colorado*, declarou que the Kid tinha vinte e seis anos quando foi morto por Garrett e que matara um homem para cada ano de sua vida. Emerson Hough, em *The Story of the Cowboy*, escrita em 1897, disse que the Kid morreu com vinte e três anos depois de matar vinte e três homens. Em 1901, porém quando Hough escreveu *Billy the Kid, a Verdadeira História de um "Homem Mau" do Oeste*, reduzira a idade de Kid e o número de vítimas para vinte e um. Este número foi aceito por meio século.

Garrett atribui a the Kid doze vítimas americanas, um número evidentemente elevado. O número real talvez não chegue a mais de três – o fanfarrão Grant, Bell e Ollinger. A maioria das testemunhas concorda também que ele matou Bob Beckwith durante o episódio no qual morreu o advogado Alex McSween, em Lincoln, e com isso também teríamos um total de quatro. Pode ter matado Morton, Baker, o xerife Brady, o delegado Hindman e Carlyle, porque seu revólver era um dentre os vários que abriram fogo contra estes homens durante os tumultos em que eles morreram. Se ele matou a todos (o que não parece provável, pois Morton e Baker caíram quase ao mesmo tempo, o que também aconteceu na emboscada a Brady e Hindman), o total seria nove.

Para Dykes, o mais realista, é "um total de seis ou sete: os três que ele seguramente matou, Grant, Bell e Ollinger; Morton ou Baker, mas não os dois; Brady ou Hindman, mas não os dois; Beckwith ou Carlyle, talvez ambos". Não há prova concreta de que the Kid tenha matado um único mexicano ou índio.

Mas mesmo com cinquenta anos de desmistificação em torno da lenda de Billy the Kid, esse "Robin Hood do Sudoeste que outrora foi apenas um pequeno vaqueiro dentuço, ladrão e assassino, que enveredou pelo mal", continua inspirando gênios, como Jorge Luis Borges, poetas como Bob Dylan e grandes cineastas, como Sam Peckimpah e Arthur Penn, que contaram, cada um a seu modo, a história deste criminoso célebre, mas vulgar.

inverno de 1986

Fontes consultadas:

Este trabalho baseou-se principalmente na introdução preparada por J.C. Dykes em 1952 e publicada no ano seguinte pela University of Oklahoma Press em sua edição de *The Authentic Life of Billy the Kid, the Noted Desperado of the Southwest, whose Deeds of Daring and Blood Made his Name a Terror in New Mexico, Arizona and Northern Mexico, a Faithful and Interesting Narrative by Pat F. Garrett, Sheriff of Lincoln Co., MM., by Whom He Was Finaly Hunted Lown and Captured by Killing Him*. Duas outras fontes primordiais foram a introdução do coronel Maurice G. Fulton para o mesmo livro, só que para a edição preparada pela Macmillan, de Nova York, em 1927, e o volume *The Gunfighters*, da série *Old West*, publicado pela TimeLife Books.

Outras fontes consultadas: *Great Gunfighters of the West*, de Carl Breihan (Boston, 1962), *The Lincoln County War*, de Maurice G. Fulton (Arizona, 1968), *The Old West*, publicado pela American Heritage Books (Nova York, 1959) e, finalmente, *History of Billy the Kid*, de Charles Siringo (Nebraska, 1967).

Nota introdutória

Pat F. Garrett

Cedendo a repetidas solicitações de várias origens, assumi a tarefa de compilar, para publicação, a verdadeira história da vida, aventuras e morte trágica de William H. Bonney, mais conhecido como "Billy the Kid", cujos feitos temerários e crimes sangrentos despertaram, em passado recente, o espanto da metade do mundo e a admiração ou o ódio da outra metade.

Fui estimulado a fazer este trabalho, em certa medida, pelo impulso de corrigir milhares de falsas informações que apareceram nos jornais e em romances baratos de capa amarela. Pelo menos uns três destes foram impingidos ao público. Todos eles poderiam ser a história de um bandido qualquer que de fato tenha existido, mas estão longe de serem corretos em relação a the Kid. Têm a pretensão de revelar seu nome, o lugar de seu nascimento, as características de sua carreira, as circunstâncias que o levaram a uma vida violenta, detalhando centenas de crimes impossíveis e temerários que ele jamais cometeu e em localidades que nunca visitou.

Eu separaria a memória de the Kid daquela de vilões mais medíocres, cujos feitos lhe foram atribuídos. Vou lutar para fazer justiça ao seu caráter, dar-lhe o crédito de todas as virtudes que possuía – e ele não era de modo algum desprovido de virtudes –, mas não pouparei o merecido opróbrio por suas abomináveis ofensas à humanidade e às leis.

Conheci the Kid pessoalmente a partir do início e durante a continuação do que ficou conhecido como "A guerra do condado de Lincoln", até o momento de sua morte, da qual fui o infeliz instrumento, no cumprimento do meu dever oficial. Escutei, ao pé de fogueiras, nas trilhas, nos campos e em muitas praças diferentes, suas narrativas desconexas de acontecimentos passados nos primeiros anos de sua vida e em épocas mais recentes. Para recolher informações corretas, desde a morte de the Kid entrevistei muitas pessoas próximas a ele e com quem ele conversava livremente a respeito de suas atividades, e tenho contato diário com um amigo que foi pensionista na casa da mãe de the Kid em Silver City, Novo México, em 1873. Esse homem conheceu Bonney desde aquela época até a sua morte e traçou cuidadosamente sua trajetória. Correspondi-me com várias pessoas confiáveis de Nova York, Colorado, Novo México, Arizona, Texas, Chihuahua, Sonora e outros estados do México para restabelecer todos os elos de sua vida e posso garantir com segurança que o leitor encontrará no meu livro um relato verdadeiro e conciso dos principais acontecimentos, sem exageros nem justificativas.

Não tenho pretensões literárias, mas me proponho a dar ao público, num inglês inteligível, "uma história bem acabada e simples", sem os enfeites de um palavreado supérfluo. A verdade da vida do jovem Bonney não precisa de nenhuma pena molhada em sangue para emocionar o coração e parar suas pulsações. Com o *nom de guerre* "the Kid", ele cometeu a maioria de seus atos mais impetuosos e sangrentos – um nome que viverá nos anais do crime temerário por tanto tempo quanto os de Dick Turpin e Claude Duval forem lembrados.

Entretanto, centenas de volumes foram escritos exaurindo a imaginação de uma dúzia de autores – autores cujos recursos eram uma imaginação vívida – para imortalizar esses dois fora da lei. Esta história comprovada das façanhas de the Kid, desprovida de exageros, mostra-o como o par de qualquer bandido lendário registrado, inigualável em coragem temerária, presença de espírito no perigo, dedicação aos aliados, generosidade para com os inimigos, cavalheirismo e todos os elementos que atraem emoções mais elevadas. Os que se divertem com descrições de cenas de massacre, no entanto, podem regalar-se até satisfazer seus mórbidos apetites com rixas sangrentas e combates mortais, escritos sem a ajuda da fantasia ou da pena da ficção.

Correndo o risco de ser acusado de prolixidade, gostaria de acrescentar algumas palavras a esta nota, minha saudação ao público, comentando um sermão (entre muitos outros) que um eminente clérigo pregou recentemente numa cidade do leste, discurso de que the Kid literalmente foi o tema, mesmo que não revelado.

Embora eu não pretenda oferecer a meus leitores um romance sensacionalista, eles não encontrarão aqui uma homilia de escola dominical apresentando the Kid como um exemplo da vingança de Deus para com a juventude pecadora. O fato de que ele mentia, dizia palavrões, jogava e não observava o domingo durante a infância só prova que a criança era repleta de juventude e humanidade exuberantes. Nada mais fazia que competir com milhares de antecessores, que viveram até a idade adulta e morreram honrados e reverenciados, alguns por virtudes públicas, outros por virtudes privadas, alguns pelo intelecto superior e muitos outros pela riqueza – de que modo adquirida, o mundo nunca parou para se perguntar. A carreira criminosa de Billy the Kid não foi o desenvolvimento de uma índole má, nem causada por imprudências juvenis não reprimidas. Foi o resultado de circunstâncias desfavoráveis e infelizes agindo sobre um espírito ousado, temerário, incontrolado e incontrolável, que nenhuma restrição física podia refrear, nenhum perigo podia estarrecer e nenhum poder menor que a morte podia subjugar.

Os sentimentos contidos no referido sermão são tão antediluvianos em seus monótonos argumentos, linguagem e sentido quanto as leis puritanas de Connecticut. A não observância do domingo foi a única e inevitável causa dos assassinatos, assaltos e morte sangrenta de the Kid. Mentor imaculado da alma, The Kid nunca sabia quando era domingo aqui na fronteira, só por acaso, mas sabia tanto sobre o assunto quanto centenas de outros jovens que desfrutam da reputação de juventude modelo. E se, supondo, the Kid tivesse violado conscientemente a observância do domingo? Ainda assim, tinha Cristo e seus discípulos como exemplos santos – limitando suas depredações, entretanto, a recolher uma boiada que não era sua, ao invés de atacar o campo de trigo de seu vizinho e furtar espigas douradas.

The Kid tinha um demônio escondido dentro dele; era um diabrete bem-humorado e jovial ou um diabo cruel e ávido de sangue, conforme as circunstâncias determinavam. As circunstâncias favoreceram o anjo mais cruel e the Kid tombou.

Ofereceram-me uma dúzia de declarações juramentadas para que eu publicasse como garantia da verdade de minha história. Recusei todas com agradecimentos. Que duvidem os que não quiserem acreditar.

Capítulo I

Linhagem, nascimento, infância e juventude – Sintomas proféticos aos oito anos de idade – Um jovem cavalheiro modelo – Defensor dos indefesos – A mãe – "Santa natureza" – Um jovem brigão – Primeiro gosto de sangue – Um fugitivo – Despedida de casa e a influência da mãe.

William H. Bonney, o herói desta história, nasceu na cidade de Nova York em 23 de novembro de 1859.

Pouco se sabe de seu pai, pois ele morreu quando Billy era muito criança e este não guardou muitas lembranças dele. Em 1862, a família, formada de pai, mãe e dois meninos, dos quais Billy era o mais velho, emigrou para Coffeyville, Kansas. Logo depois de se estabelecerem por lá o pai morreu e a mãe com os dois garotos mudaram-se para o Colorado, onde ela se casou com um homem chamado Antrim, que dizem viver hoje em dia em Georgetown ou perto daquele centro, no condado de Grant, Novo México, e que é o único sobrevivente da família de quatro membros que, após o casamento, se deslocou para Santa Fé, Novo México. Billy tinha então quatro ou cinco anos de idade.

Esses fatos são tudo o que se pode coligir sobre a primeira infância de Billy, período que, até esse ponto, não teria interesse para o leitor.

Antrim permaneceu em Santa Fé e nos seus arredores durante alguns anos, ou até Billy completar uns oito anos de idade.

Já nessa época o menino demonstrava possuir um espírito de ousadia temerária, mas também sentimentos compassivos e generosos, que o tornavam o preferido dos jovens companheiros nos seus momentos de humor mais dócil, e o terror dos mesmos quando um acesso de fúria o acometia. Foi então que se tornou um perito em cartas, famoso entre seus camaradas por saber macaquear com sucesso os elegantes vícios dos adultos.

Tem-se dito que nesta tenra idade Billy foi condenado por furto em Santa Fé, mas como um exame cuidadoso dos registros do tribunal dessa cidade não confirmou o boato, e como durante toda sua vida posterior ele nunca foi acusado de uma pequena maldade ou de um crime mesquinho, deve-se duvidar da afirmação.

Mais ou menos em 1868, quando Billy tinha oito ou nove anos, Antrim mudou-se mais uma vez e fixou residência em Silver City, no condado de Grant, Novo México. Dessa data até 1871, ou até Billy completar doze anos, ele não demonstrou nenhuma característica que profetizasse o seu violento e desgraçado futuro. Ousado, audacioso e temerário, ele era mão aberta, de coração generoso, franco e viril. Querido de todas as classes e idades, recebia especialmente o amor e a admiração dos velhos e decrépitos e dos jovens e indefesos. Para estes ele era um herói, um defensor, um benfeitor, o braço direito. Nunca foi visto aproximando-se de uma dama, especialmente de uma senhora idosa, sem o chapéu na mão; e, se a roupa ou aparência evidenciassem pobreza, era um poema ver o olhar ansioso, compassivo e desaprovador no rosto iluminado de Billy, enquanto oferecia ajuda ou fornecia alguma informação. Uma criancinha nunca deixava de ser ajudada para cruzar uma vala, ou de ter o auxílio de um braço forte para levar uma carga pesada, quando Billy estava por perto.

Para os que conheciam sua mãe, seu espírito cortês, bondoso e benevolente não era um mistério. Ela descendia de irlandeses. O marido a chamava de Kathleen. De altura mediana, corpo ereto e gracioso, com feições regulares, olhos azuis-claros e luxuriante cabelo dourado, não era uma beleza, mas o que todo mundo chama de uma mulher vistosa. Tinha pensionistas em Silver City, e sua caridade e a bondade de seu coração eram bem conhecidas. Muitos "novatos" famintos tiveram motivos para abençoar a sorte que os conduziu até sua porta. Em toda a sua conduta ela manifestava as inconfundíveis características de uma dama – uma dama por instinto e educação.

Billy amava sua mãe. Amava-a e honrava-a mais que a qualquer coisa neste mundo. Entretanto, sua casa não foi um lar feliz para ele. Declarou muitas vezes que a tirania e a crueldade do padrasto o levaram a se afastar de casa e da influência da mãe, e que Antrim era responsável por ele ter escolhido o caminho do mal. Seja como for, depois da morte de sua mãe, uns quatro anos mais tarde, o padrasto estaria desgraçado se tivesse encontrado seu filho adotivo mais velho.

As opções educacionais de Billy eram limitadas, como as de toda a juventude desta região da fronteira. Frequentou a escola pública, mas adquiriu mais informações no joelho de sua mãe que com o professor da vila. Com grande inteligência nata e uma mente ágil, tornou-se um bom letrado. Sabia escrever uma carta bonita, conhecia toleravelmente a aritmética, mas não tinha maiores aspirações além disso.

O lado melhor e mais empolgante do caráter de Billy acaba de ser descrito. Mas o escudo tinha um outro lado que ele jamais revelava a seus melhores amigos – os fracos e indefesos. Seu temperamento era terrível, e nos acessos de fúria ele ficava realmente perigoso. Não era barulhento, nem presunçoso, nem turbulento. Nunca ameaçava. Não latia ou, se o fazia, a mordida vinha primeiro. Nunca se aproveitou de nenhum antagonista, mas, sem considerar tamanho e peso, brigava, quando injuriado, com qualquer homem em Silver City. Sua desgraça era não poder ou não querer levar a pior. Quando sobrepujado e derrotado numa luta, procurava as armas que pudesse comprar, tomar emprestado, pedir ou roubar, e em mais de uma ocasião as usou com propósito assassino.

Durante o último período da permanência de Billy em Silver City, ele foi o companheiro constante de Jesse Evans, um mero garoto, mas tão atrevido e perigoso como muitos criminosos de mais idade e experiência. Era mais velho que Billy e tornou-se uma espécie de preceptor para o nosso herói. Esses dois estavam destinados a participar juntos de muitas aventuras perigosas, muitas fugas difíceis e de vários tumultos sangrentos nos anos seguintes. Amigos leais como então eram, logo viria o tempo em que se armariam mutuamente, cada um sedento do sangue do outro e nenhum se esquivando ao conflito. Separaram-se em Silver City, mas só para se encontrarem muitas outras vezes durante a vida curta e sangrenta de Billy.

Quando o jovem Bonney tinha cerca de doze anos, pela primeira vez manchou a mão de sangue. Pode-se dizer que este caso foi o momento decisivo de sua vida, pois o proscreveu e o tornou uma vítima de seus piores impulsos e paixões.

Numa ocasião em que a mãe de Billy passava por um grupo de desocupados na rua, um vagabundo sujo, no meio do grupo, proferiu um comentário insultuoso sobre ela. Billy ouviu e, rápido como o pensamento, com os olhos brilhantes, acertou um golpe terrível na boca do patife. Depois, pulando para a rua, abaixou-se à procura de uma pedra. O bruto veio para cima dele, mas, quando passou por Ed Moulton, um conhecido cidadão de Silver City, recebeu um murro atordoante na orelha que o fez cair, enquanto Billy era agarrado e contido. Entretanto, o castigo infligido ao ofensor de modo algum satisfez Billy. Ardendo por vingança, foi à cabana de um mineiro, conseguiu um rifle Sharp e saiu atrás de sua futura vítima. Felizmente Moulton o viu com a arma e, com alguma dificuldade, convenceu-o a devolvê-la.

Umas três semanas depois dessa aventura, Moulton, que era um homem muito poderoso e ativo, perito na arte de se defender e com algo de pugilista em sua constituição, viu-se envolvido numa violenta briga de bar no *saloon* de Joe Dyer. Teve de lutar com dois valentões e estava levando a melhor, quando a "antipatia" de Billy – o homem que recebera uma das "bofetadas" de Moulton e que estava parado por perto – pensou ter encontrado uma oportunidade de se vingar covardemente de Moulton e foi para cima dele empunhando uma pesada cadeira de bar. Billy geralmente era um espectador, quando não o ator principal, de qualquer luta que ocorresse na cidade, e esta não foi uma exceção. Ele viu o gesto e, como um raio, se atirou debaixo da cadeira – uma, duas, três vezes o seu braço se levantou e desceu. Depois, correndo no meio da multidão, com a mão direita acima da cabeça agarrando um canivete de cuja lâmina pingava sangue, desapareceu na noite, um proscrito e um vagabundo, um assassino, batizado por sua própria mão com sangue humano. Saiu como o banido Caim, porém menos afortunado que o primeiro homicida, pois não se pronunciou nenhuma maldição contra o seu assassino. Sua mão estava agora contra todos os homens, e a mão de qualquer homem se dirigia contra ele. Afastou-se para sempre do cuidado, amor e influência da mãe amiga, pois nunca mais veria seu rosto – ela que tão amorosamente o criara e a quem ele tinha tão terna e reverentemente amado. Nunca mais sua mão suave afagaria a testa franzida, enquanto palavras confortadoras eliminavam do coração enraivecido a cólera que o filho alimentava. Nenhum mentor, nenhum amor para reprimir a paixão maléfica ou refrear a mão violenta – qual seria o seu destino?

Billy amou e reverenciou verdadeiramente a mãe, e toda a sua vida posterior de crimes foi marcada pela profunda afeição e respeito por mulheres bondosas, sentimento nascido, sem dúvida, de sua adoração por ela.

... from earlier than I know,
Immersed in rich foreshadowings of the world,
I loved the woman; he that doth not, lives
A drowning life, besotted in sweet self,
Or pines in sad experience worse than death,
Or keeps his winged affections clipt with crime;
Yet, was there one through whom I loved her, one
Not leamed, save in gracious household ways,
Not perfect, nay, but full of tender wants,
No angel, but a dearer being, all dipt
In angel instincts, breathing Paradise,
Interpreter between Gods and men,
Who looked all native to her place, and yet
On tiptoe seemed to touch upon a sphere

Too gross to tread, and all male minas perforce
Swayde to her from their orbits, as they moved
And girdled her with music. Happy he
With such a mother! Faith in womankind
Beats with his blood, and trust in all things high
Come easy to him, and trough he trip and fall,
He shall not blind his soul with clay. *

Pobre Billy! Todas as boas influências foram afastadas de seu pedaço. A pomba da paz e da boa vontade para com o próximo não encontrou lugar de descanso em sua mente deformada pela paixão inflamada e, nos momentos em que a vingança mortal agitava sua alma, ele teria arrancado a mensageira de seu poleiro, "embora os pioses fossem as cordas de seu coração". Ele tropeçou e caiu: sujou a alma com barro.

* "... desde um tempo que não posso precisar, / Imerso em ricos presságios do mundo, / Eu amei a mulher. Quem não a ama / Vive como um afogado, intoxicado com seu doce eu, / Ou definha em experiências tristes, piores que a morte, / Ou cora criminosamente as asas dos afetos. / Entretanto, houve alguém através de quem a a mei, / Alguém que não era sábia, a não ser em graciosas maneiras domésticas, / Que não era perfeita, não, mas cheias de faltas suaves, / Que não era anjo, mas um ser mais querido, todo imerso / Em instintos angelicais, exalando Paraíso, / Intérprete entre os Deuses e os homens. / Que, embora se afigurasse bem nativa no seu lugar, / Na ponta dos pés parecia tocar uma esfera / Grosseira demais para ser pisada, e todas as mentes masculinas / Fatalmente inclinavam-se para ela de suas órbitas, / Ao se moverem e a cercarem com música. Feliz / Quem tem mãe assim! Fé nas mulheres / Pulsa com o seu sangue, e confiança em todas as coisas elevadas / Não lhe é difícil. E, embora tropece e caia, / Não turvará sua alma com barro." (N.T.)

CAPÍTULO II

Rouba o primeiro cavalo – Encontra um companheiro – Mata três índios para saqueá-los – Um jogador brilhante no Arizona – Grandes farras em Tucson – Corrida de cavalo com um índio – Um espetáculo imperdível – Um aperto – Assassinato em Fort Bowie e fuga do Arizona – México antigo

E agora seguimos nosso fugitivo ao Arizona. Seus crimes violentos nesse território são familiares a velhos habitantes do lugar, mas é impossível traçá-los com detalhes ou lhes atribuir datas exatas. É provável que muitos de seus atos contra a lei se tenham perdido para a história escrita e a tradição. Os registros dos tribunais, na agência dos índios e nos postos militares, e relatos de policiais e cidadãos fornecem todas as informações disponíveis e abrangem suas façanhas mais notáveis. Essas narrativas correspondem exatamente às histórias desconexas que Billy contaria a seus companheiros, anos mais tarde, para fazer passar uma hora ociosa.

Depois da noite fatídica em que Billy manchou pela primeira vez as mãos com sangue e fugiu de casa, ele errou três dias e três noites sem encontrar viva alma a não ser um pastor mexicano. Falava espanhol tão fluentemente como qualquer mexicano e conseguiu com o menino um pequeno estoque de provisões, que consistia em *tortillas* e carne de ovelha. Estava a pé tentando chegar até a fronteira com o Arizona, mas perdeu-se, deu uma volta e retornou aos arredores do rancho de McKnight, onde se iniciou em roubo de cavalos.

A notícia seguinte que temos de Billy, umas três semanas depois de sua saída de Silver City, é de que ele chegou em Fort (então Camp) Bowie, Arizona, com um companheiro, ambos montados num pônei equipado com uma sela de carga e rédea de corda, com menos de vinte e cinco centavos, contando-se as moedas dos dois, ou sequer um bocado de comida no estoque de provisões.

O companheiro de Billy tinha, sem dúvida, um nome que lhe pertencia legalmente, mas era tão dado a trocá-lo que era impossível saber o verdadeiro. Billy sempre o chamava de "Alias".

Para um sujeito com a energia de Billy e com suas peculiares ideias a respeito dos direitos de propriedade, esta situação de pobreza não podia continuar. Depois de recuperarem as forças no Forte, ele e seu companheiro, a pé (pois tinham-se livrado do pônei), com um rifle inútil e uma pistola, emprestados dos soldados, partiram para o primeiro ataque ilegal de Billy.

Como é do conhecimento geral, Fort Bowie fica no condado de Pima, Arizona, e na reserva indígena dos apaches em Chiracahua. Esses índios estavam pacíficos e sossegados naquela época, e não havia perigo em se aventurar entre eles. Billy e o companheiro encontraram-se com um grupo de três desses índios, uns treze ou dezesseis quilômetros a sudoeste do Fort Bowie, nos desfiladeiros das montanhas. A maioria das várias tribos apaches fala espanhol e Billy logo se sentiu em casa entre eles. Sua intenção era conseguir uma montaria para si e outra para o companheiro. Tentou argumentos, lisonjas, promessas de pagamento e todos os outros planos que sua mente fértil conseguiu arquitetar – tudo em vão. A confiança desses índios na honradez do homem branco tinha sido severamente abalada pela pessoa do agente indígena Clum.

Billy contou uma vaga história sobre o resultado desse empreendimento, mas, implacável como soa, não deixa muito lugar a suspeitas. Disse ele:

– Era um caso desesperado. Ali estavam doze bons pôneis, quatro ou cinco selas, um bom suprimento de cobertores e cinco pôneis carregados com peles. Ali estavam três selvagens sedentos de sangue refestelando-se com todo esse luxo e recusando-se a socorrer dois cidadãos americanos, brancos e livres, famintos e com os pés feridos. O saque tinha de trocar de mão – não havia outra alternativa – e, como um índio vivo podia colocar centenas de tropas dos Estados Unidos em nosso encalço em duas horas, e como um índio morto provavelmente tomaria outro caminho, nossa solução estava tomada. Em três minutos havia três "bons índios" por terra, estirados por ali, de modo descuidado e, com pôneis e saque, demos o fora. Não houve luta. Foi um dos casos mais fáceis que enfrentei.

Nos dias subsequentes à morte dos índios os movimentos desses dois jovens bandidos perdem-se de vista. Sabe-se que se livraram dos pôneis supérfluos, da equipagem e peles, vendidos a imigrantes do Texas, a uma distância de mais de 160 quilômetros de Fort Bowie, e que retornaram à reserva esplendidamente montados e armados, com dinheiro nos bolsos. Tinham as melhores relações com oficiais do governo e cidadãos em Fort Bowie, Apache Pass, San Simon, San Carlos e todas as povoações naquela redondeza, e passavam boa parte do tempo em Tucson, onde o talento de Billy como jogador de monte e de cartas geralmente mantinha os rapazes num estilo de vida luxuriante e lhes dava prestígio invejável entre a comunidade do jogo, que era então um elemento poderoso e influente no Arizona.

Se as autoridades souberam de algo sobre o episódio da matança dos índios, nada foi feito. Ninguém lamentava a perda dos índios, e não se ganhava dinheiro processando os transgressores.

A vida tranquila que Billy levava nas cidades o entediou e, com o companheiro, se pôs novamente na estrada, ou melhor, nas trilhas das montanhas. Havia sempre um traço de humor nas aventuras mais trágicas de Billy. Encontrando-se com um grupo de oito ou dez índios nas proximidades de San Simon, os dois jovens propuseram e organizaram uma corrida de cavalos. Billy estava montado num animal muito superior, mas propôs a corrida no cavalo inferior de seu companheiro, apostando nele contra o melhor cavalo que os índios tinham. Também insistiu em que as apostas – dinheiro e revólveres – ficassem em poder de seu amigo.

Era Billy que devia participar da corrida. Depois de montar o cavalo do companheiro, ouviu-se o sinal de largada e três, ao invés de dois cavalos, dispararam da linha de saída. O intruso era o companheiro de Billy, montado no cavalo de Billy. Não conseguiu refrear o fogoso animal, que voou pela pista, tomou o freio nos dentes e não diminuiu a impetuosa velocidade enquanto não chegou a um rancho de gado abandonado, a muitos quilômetros de distância da improvisada pista de corrida.

Billy perdeu a corrida, mas quem foi o vencedor? Seu companheiro, com todas as apostas, estava percorrendo as trilhas rochosas, muito além de seu alcance e muito além de qualquer perseguição com chance de sucesso. Foi necessária toda a eloquência de Billy em espanhol, todos os seus persuasivos poderes de fala e gesto, todas as suas mais doces e encantadoras expressões de inocência infantil para convencer os ignorantes e irracionais selvagens de que ele próprio era não só o maior perdedor dentre eles, mas também a vítima da perfídia de um traidor – para eles, um crime hediondo. Não tinha ele, Billy, arriscado todas as apostas e perdido tudo? Enquanto a perda dos índios podia ser dividida entre uma meia dúzia, ele tinha perdido o cavalo, as armas, o dinheiro, os amigos e a confiança na humanidade, sem nenhuma compensação a não ser um velho pangaré que evidentemente não ganharia uma corrida nem de um burro manco.

Quando foi que a juventude e uma boa aparência, com uma inocência injuriada bem simulada, apoiada na eloquência da língua e temperada com dor e justa cólera, deixaram de causar efeito, até mesmo sobre um apache? Com palavras de pesar e encorajamento das vítimas condoídas, Billy afastou-se tristemente. Dois dias mais tarde, a centenas de quilômetros de distância, Billy poderia ter sido visto dividindo solenemente os despojos com o amigo fugitivo.

O último e mais sombrio ato que Billy cometeu no Arizona foi o assassinato de um soldado, ferreiro em Fort Bowie. A data e as circunstâncias desse assassinato não foram registradas e Billy sempre foi reticente a este respeito. Há muitos boatos constantes relacionados a isto. Os defensores de Billy justificam-no dizendo que a vítima era um valentão, que se recusara a entregar dinheiro ganho honestamente por Billy no jogo e que apressara seu destino ao tentar infligir castigo físico a um menino ainda imberbe. Uma coisa é certa, este ato exilou Billy do Arizona e, na próxima vez que se ouve falar dele, está no Estado de Sonora, República do México.

Capítulo III

Vida alegre em Sonora – Assassinato de Don José Martinez – Assumindo riscos desesperados – Nervos de aço – Um alto grito pela vida – Objetivo mortal – Sangue-frio – Cavalgando para a vida e escapada de sorte

Em Sonora, o conhecimento que Billy tinha da língua espanhola e seu talento em todos os jogos de cartas praticados pelo povo mexicano lhe deram imediatamente a reputação de um jogador de primeira classe e de um cavalheiro elegante. Tudo que se sabe de sua vida em Sonora provém de seus próprios relatos, sem detalhes nem datas. Foi até lá sozinho, mas logo estabeleceu laços com um jovem jogador mexicano, chamado Melquíades Segura, união que durou enquanto Billy permaneceu na República do México.

Durante a permanência em Sonora, só existem provas oficiais de um encontro fatal de Billy, mas este o obrigou a uma rápida e definitiva troca de base. Foi o assassinato de Don José Martinez, um banqueiro de monte, sobre uma mesa de jogo. Martinez tinha, durante algumas semanas, insistido em intimidar e insultar Billy, recusando-se muitas vezes a lhe pagar dinheiro honestamente ganho no jogo. A entrada de Billy no salão de jogo era um sinal para Martinez abrir a gaveta do dinheiro, retirar um revólver de seis tiros, colocá-lo sobre a mesa a seu lado e começar uma tirada de ofensas dirigida contra "gringos" em geral e contra Billy em particular.

Essa dificuldade só podia acabar de um modo. Billy acertou os seus negócios na cidade, depois, com

Segura, selou os cavalos e lá pelas nove horas da noite foram os dois a uma pracinha que tinha duas saídas e que ficava bem perto do salão de jogo. Deixando Segura com os cavalos, Billy se dirigiu à casa de jogo.

O insulto veio como era de se esperar. A pistola de Billy estava no coldre. Martinez tinha a sua sobre a mesa e sob a mão. Antes que Billy colocasse a mão na pistola, o aviso partiu de seus lábios num tom compassado:

– José, você é tão valente com a pistola quanto é com a língua? – Depois sua mão caiu sobre a coronha da pistola. E então Billy demonstrou a rapidez de raio, os nervos de aço e a maravilhosa habilidade com um revólver que lhe deram tantas vantagens sobre os antagonistas e tornaram seu nome um terror, mesmo para os adeptos do uso de armas.

Martinez não era covarde, mas se fiou demais na sua vantagem. As duas pistolas explodiram ao mesmo tempo e Martinez caiu para trás na cadeira, morto, com um tiro no olho. Billy deu um tapa com a mão direita na sua orelha esquerda, como se quisesse atingir um mosquito hostil. Disse mais tarde que foi como se alguém lhe tivesse agarrado três ou quatro cabelos e os tivesse arrancado.

Antes que se estabelecesse com clareza que Martinez estava morto, dois cavaleiros já estavam disparando pelos pântanos que existem entre as cidades e as montanhas, e Billy sacudira dos pés a poeira de Sonora para sempre.

Um grupo de cerca de vinte mexicanos saiu imediatamente atrás deles, perseguição que foi mantida ininterruptamente por mais de dez dias. Encontraram os cavalos que Billy e Segura tinham usado ao sair da cidade, mas havia cavalos em profusão para pessoas de maneiras tão persuasivas como os fugitivos. A caçada foi infrutífera, e os perseguidores voltaram a Sonora.

A família de Martinez ofereceu uma grande recompensa pela captura e retorno de Billy a Sonora, e uma menor para Segura. Emissários da família fizeram mais tarde várias tentativas para, por meio de ardis, atrair Billy para a cidade. Mas o engodo era evidente demais.

CAPÍTULO IV

Cidade de Chihuahua – Má sorte – Seu destino o persegue na forma de um banqueiro de monte morto e de um saco de dobrões – "Assaltando" o banco de Billy – Adiós Chihuahua

Após a fuga de Sonora, Billy e Segura rumaram para a cidade de Chihuahua, onde a costumeira boa sorte com as cartas os abandonou. Inconscientemente Billy parecia fazer inimigos na comunidade de jogo local. Talvez um pouco de inveja de seu talento, de seus poderes e de seu inimitável estilo de pouco caso tivesse algo a ver com o fato.

As dificuldades culminaram certa noite. Billy tinha ganho uma soma considerável de dinheiro numa mesa de monte, quando o banqueiro fechou o banco e desdenhosamente lhe informou que não havia bastante dinheiro no banco para pagar o que perdera, enquanto, naquele mesmo momento, juntava dobrões e dobrões duplos num saco de pelo de gamo – dinheiro suficiente para pagar umas doze vezes o que devia a Billy –, olhando de soslaio para este durante todo o tempo.

Billy não respondeu, mas ele e Segura saíram do local. O banqueiro de monte nunca chegou à sua casa com o saco de ouro e seu peão, que estava carregando o saco, vive agora em Rio Grande, no Novo México, em condições relativamente abastadas.

Billy e seu amigo não foram mais vistos em público nas ruas da cidade de Chihuahua, mas três outros ricos banqueiros de monte foram misteriosamente "assaltados" à noite, quando voltavam do salão de jogo para casa, ficando todos sem sua riqueza. Observou-se mais tarde que esses homens tinham ofendido Billy ou Segura. Os jogadores conjeturam livremente sobre a misteriosa desaparição do banqueiro de monte que tinha tão aberta e desafiadoramente roubado Billy, e eles e a família do jogador choraram a sua morte. Talvez tivessem razão para isso.

Os dois aventureiros concluíram que Chihuahua não era o céu que procuravam e desapareceram. Seus movimentos posteriores ficam reservados para um outro capítulo, mas talvez seja oportuno observar que, durante alguns meses, a partir daquela data, os rapazes pagaram pequenas contas ao longo de sua sinuosa rota com moedas de ouro espanholas, tiradas de um saco de pele de gamo trabalhado com fios e cordões de ouro e prata, no mais rico estilo da arte mexicana.

Quanto ao banqueiro de monte que tão repentinamente desaparecera, embora Billy nunca tenha revelado os detalhes do caso, informações recentes de Chihuahua garantem que nunca mais foi visto nos lugares em que era conhecido, a partir daquela noite acidentada.

Capítulo V

Um andarilho – Jesse Evans novamente – O físico de Billy aos dezessete anos de idade – Billy e Jesse voluntários numa luta contra os mescaleros – Ação sangrenta – Matando os índios com um machado

Depois de sair de Chihuahua, Billy e Segura foram para Rio Grande, onde se separaram, mas só por pouco tempo. Até o mês de dezembro de 1876 a carreira de Billy foi errática, e é impossível seguir suas aventuras consecutivamente; muitas ficaram, sem dúvida, perdidas para a história. Encontrou-se de novo com seu velho companheiro Jesse Evans, e tudo o que se sabe das façanhas de Billy durante os poucos meses que se seguiram foi obtido de fatos desconexos narrados por ele próprio e por Jesse.

Essa jovem dupla tornou-se conhecida no oeste do Texas, ao norte e a leste do México e ao longo de Rio Grande, no Novo México, por centenas de crimes temerários. O jovem Jesse já tinha adquirido reputação de um criminoso valente, mas sem escrúpulos; e com relação a coragem e habilidade com armas mortíferas ele e Billy formavam uma boa parelha. Tinham, nessa época, quase a mesma altura. Jesse era provavelmente um ou dois anos mais velho, enquanto Billy era ligeiramente mais alto e um pouco mais forte. Billy completou dezessete anos em novembro de 1876 e tinha então quase o mesmo tamanho do dia de sua morte. Uma barba castanha clara começava a aparecer sobre o lábio e faces; os cabelos eram de um castanho mais escuro, brilhantes e espessos; os olhos de um azul profundo, pontilhado de manchas castanhas claras, eram muito brilhantes, expressivos e inteligentes. Seu rosto tinha forma oval e o que mais chamava atenção eram os dois dentes incisivos salientes, que os bem informados correspondentes de jornais, embora nunca tendo visto o homem nem o cenário de suas aventuras, descreveram como "presas que dão às suas feições uma expressão intensamente cruel e assassina". Nada está mais longe da verdade. Que esses dentes eram uma característica marcante na sua fisionomia, é verdade; que, quando ele participava de uma conversa ou sorria, eles chamavam atenção, é verdade; mas não davam um ar cruel à sua sempre agradável expressão, nem sugeriam assassinato ou traição. Todos os que conheceram Billy comprovarão que seu comportamento polido, cordial e cavalheiresco atraía confiança e prometia proteção – a primeira ele nunca traiu, e a segunda nunca se soube que tenha recusado. Os que o conheceram melhor dirão que nos seus momentos mais selvagens e perigosos o seu rosto sempre apresentava um sorriso. Ele comia e ria, bebia e ria, cavalgava e ria, falava e ria, lutava e ria e matava e ria. Não era uma gargalhada alta e violenta, mas um sorriso agradável ou uma suave e musical "ondulação da voz". Os que o conheciam procuravam em seus olhos a demonstração de cólera. Se os biógrafos tivessem afirmado que a expressão dos olhos – para quem os soubesse ler – era, num acesso de cólera, cruel e assassina, teriam mostrado um melhor conhecimento do homem. Mal se podia acreditar que aquelas esferas maléficas e flamejantes e aquele rosto risonho fossem controlados pelo mesmo espírito.

Billy tinha nessa época cerca de 1,70 m de altura, caminhava ereto como um dardo, pesava cerca de sessenta quilos e era ligeiro, ativo e gracioso como uma pantera. O corpo era bem formado, compacto, e os músculos, maravilhosos. Quando se desentendia com alguém maior e mais forte que ele, mas que o temia por causa de sua habilidade com armas, sentia prazer em desafivelar o cinto, deixar as armas caírem e dizer:

– Vamos, camarada, não tenho mais vantagem agora. Vamos lutar corpo a corpo. – Ele geralmente ganhava as suas brigas; se levava a pior, não guardava rancor.

Não havia limites para a sua generosidade. Amigos, estranhos e até inimigos podiam partilhar de seu dinheiro, cavalo, roupas ou qualquer outra coisa que por acaso possuísse na época. Os idosos, os pobres, os doentes, os infelizes e indefesos nunca pediram em vão o socorro de Billy.

Entre algumas pessoas ficou a impressão de que Billy era excessivamente grosseiro, irreverente e bestial em seus hábitos, conversas e conduta. O oposto é verdadeiro. A maioria dos "jovens amaneirados" da sociedade, "cheios de nove-horas e de frescuras", poderiam tomar como exemplo o modo cortês e cavalheiresco de Billy, para seu aperfeiçoamento e para o alívio de desgostosos homens sensatos. Seria estranho, dado o ambiente particular de Billy, se ele não se entregasse às irreverências. Ele o fazia, mas seus palavrões eram ditos na fraseologia mais elegante, e, se pureza de linguagem fosse o teste, centenas de proeminentes cidadãos do Novo México seriam tomados por criminosos antes do jovem Bonney.

Quando as circunstâncias permitiam, Billy apresentava-se escrupulosamente bem arrumado e elegante. Alguns correspondentes de jornais o vestiram com fantásticas roupas de bandido italiano e guerrilheiro mexicano, enfeitadas com laços dourados etc. no valor de centenas de dólares. Mas eles não o trajaram assim com o seu consentimento. Sua roupa geralmente era preta: uma sobrecasaca preta, calças escuras e, o melhor, uma bota bonita para seu pé pequeno e bem torneado; e em geral (a única peculiaridade que chamava atenção na sua vestimenta) um sombrero mexicano. Não usava esse tipo de chapéu para se exibir, mas por conveniência. Eles têm abas largas, que protegem o rosto do sol, vento e poeira, e são muito duráveis. São caros, mas Billy nunca possuiu algum que custasse centenas de dólares. Em Chihuahua seu preço varia de dez a cinquenta dólares. Algum tolo, com dinheiro de sobra e falta de miolos, poderia enfeitar o chapéu com medalhas, laços e fios dourados no valor de milhares de dólares, mas Billy não era desse tipo.

Billy e Jesse passaram os poucos meses em que ficaram juntos entregando-se a centenas de ataques criminosos – às vezes cometendo depredações no México e fugindo através do rio Grande para o Texas ou Novo México e vice-versa, até que centenas de rancheiros, em ambas as repúblicas, estavam no seu encalço. Em muitos conflitos, nos dois lados do rio, escaparam quase por milagre de serem capturados e, consequentemente, da morte certa. Não havia montanha tão alta, nem precipício tão íngreme, nem torrente tão forte, nem rio tão rápido, nem caverna tão profunda que esses dois não tentassem ultrapassar nas suas cavalgadas temerárias para a liberdade. Mais de um perseguidor ousado morreu nesses embates, e ofereceu-se um preço pelos corpos dos criminosos, mortos ou vivos.

Os índios apaches mescalero da reserva de Fort Stanton, Novo México, costumavam fazer frequentes incursões ao México Antigo e quase sempre atacavam emigrantes ao longo do rio Grande. Numa ocasião, um grupo do Texas, composto de três homens e suas famílias, cruzaram, a caminho do Arizona, com Billy e Jesse perto do rio Miembres. Almoçaram juntos e os texanos deram muitos conselhos aos dois inexperientes rapazes, fazendo-os ver o perigo a que se expunham, viajando desprotegidos no meio de uma região indígena, e propondo que continuassem a viagem juntos. Apresentaram-se como velhos e experimentados combatentes na luta contra os índios, responsáveis pela morte, no Texas, de centenas de comanches, kickapoos e lipanos. Os rapazes recusaram-se a esperar o lento movimento das carroças de boi e, depois da refeição, partiram.

Lá pelo meio da tarde os rapazes descobriram um grupo de índios movendo-se ao longo dos contrafortes ao sul, em direção ao leste. Especularam sobre as chances de seus novos amigos, os emigrantes, virem a se encontrar com os índios, até que, pelo rastro de um cavalo, se convenceram de que um mensageiro indígena vindo do leste os tinha precedido e, juntando as pontas, não puderam deixar de concluir que o grupo de índios avistado não tinha outra missão senão a de atacar os emigrantes.

Num impulso, os jovens cavaleiros viraram os cavalos e dispararam pela pradaria em direção aos contrafortes para tentar cruzar a trilha indígena.

Conseguiram alcançar esse objetivo e descobriram que o grupo era formado por quatorze guerreiros que seguiam sua rota, certamente a fim de interceptar os emigrantes ou de atacá-los no acampamento. Os cavalos cansados compreenderam o espírito de seus bravos cavaleiros e, sobre rochas e colinas, através de desfiladeiros e gretas de bunhos, só o ruído compassado e constante de seus cascos quebrava o silêncio.

– Será que vamos conseguir, Billy? – perguntou Jesse. – Será que os cavalos aguentarão?

– A pergunta não é se vamos conseguir, mas se chegamos lá a tempo – respondeu Billy. – É um caso desesperado. Temos de chegar lá. Pense naqueles pequenos loiros, Jesse, e grite com seu cavalo. Quando as quatro patas do meu se afrouxarem, ainda tenho minhas duas pernas.

Quase no crepúsculo os bravos rapazes dobraram um ponto da estrada e defrontaram-se com o acampamento dos emigrantes. A tempo – bem a tempo. Nesse mesmo momento o terrível grito dos apaches irrompeu nos seus ouvidos, e o grupo selvagem atacou o acampamento a partir de um desfiladeiro ao sul. Os valorosos cavalos que tinham tão corajosamente trazido os rapazes a seu destino cambaleavam nas trilhas. Saltando das selas, os jovens heróis agarraram suas Winchesters e, correndo, com um grito tão aterrorizador quanto o de qualquer um daqueles diabos vermelhos, lançaram-se entre os demônios que berravam. Havia espanto e terror no tom das vozes que responderam ao grito de guerra dos rapazes, e a confusão entre os vermelhos aumentou quando um após outro de seu grupo tombou sob a mira infalível dos dois rifles. Jesse tinha tropeçado e caído num barranco estreito, coberto de grama alta e ervas daninhas. Pondo-se de joelhos, descobriu que sua queda fora um lance de boa sorte. Como observou mais tarde, não teria feito uma trincheira melhor, nem que tivesse trabalhado uma semana. Chamando Billy, carregou sua Winchester rapidamente. Quando Billy viu a posição favorável que Jesse tinha involuntariamente encontrado, saltou para dentro do barranco. Mas, assim que caiu de joelhos, uma bala de rifle indígena despedaçou o cabo de sua Winchester e a madeira provocou um ferimento doloroso na mão de Billy. Com o rifle inutilizado, lutou com seu revólver de seis tiros – enfurecido e amaldiçoando a sorte.

Os rapazes não podiam ver o que estava acontecendo no acampamento, porque havia uma carroça no meio do caminho. Mas Billy logo ouviu o grito de uma criança como se estivesse morrendo e o berro simultâneo de uma mulher. Saltando da trincheira, gritou para Jesse ficar ali e dar cobertura ao seu ataque, enquanto ele se afastava pulando, pistola numa das mãos e um pequeno punhal espanhol na outra, direto para o acampamento. Nesse momento os índios estavam tentando expulsá-los de seu local protegido. Billy encontrou-os a mais de meio caminho e lutou para passar por seis selvagens. O revólver ficou sem balas e ele não tinha tempo de carregá-lo. Usando a arma como um cacete, atacou e, desviando-se do golpe de um índio corpulento, atirou-se embaixo de uma carroça e caiu sobre um machado do acampamento.

Billy afirmou mais tarde que, em sua opinião, foi seu uivo de prazer que aterrorizou os índios, fazendo com que ele e Jesse ganhassem a luta. Emergiu do outro lado da carroça. Um rápido olhar lhe mostrou os três homens e todas as mulheres e crianças, com exceção de uma mulher e de uma menina, escondidos atrás de duas outras carroças e parcialmente protegidas por uma rocha saliente. A mulher e a menina pequena estavam deitadas, aparentemente sem vida, no chão. Aos gritos, Billy caiu no meio dos vermelhos com seu machado. Não parava de escutar os estampidos do rifle de Jesse, e, em três minutos, não havia mais nenhum índio vivo à vista. Oito dos "bons" dormiam seu último sono. O rosto, as mãos e a roupa de Billy, as carroças, os utensílios do acampamento e a grama estavam sujos de sangue e pedaços de cérebro.

Voltando-se para os membros do acampamento, os rapazes descobriram que a menina tinha sofrido fratura de crânio, quando um guerreiro indígena tentara rebentar-lhe os miolos, e que a mãe desmaiara. Todos os três homens estavam feridos. Um fora atingido no abdômen e no ombro. Não se sabe se sobreviveu. Os outros dois apresentavam apenas ferimentos leves. O salto da bota de Billy gastou, seu rifle ficou em pedaços e ele recebeu uma ferida na mão. Jesse perdeu o chapéu. Disse que sabia o momento exato em que ele saíra voando da cabeça com um tiro, mas que nem imaginava onde teria ido parar.

Capítulo VI

Separa-se de Jesse – Segura novamente – Apelidado de "the Kid" – Uma corrida que rivaliza com a de Dick Turpin – O valoroso cinzento – Liberta o amigo da cadeia sem a ajuda de ninguém – Perseguidores frustrados

Depois que se separaram dos emigrantes, que eles tinham tão corajosamente salvo dos selvagens, Billy e Jesse mudaram sua rota e voltaram ao Rio Grande. Aí encontraram um grupo de jovens bem conhecidos de Jesse, que insistiram para que eles os acompanhassem até o rio Pecos, oferecendo-lhes trabalho que, garantiam, se revelaria proveitoso. Nesse grupo de "vaqueiros" estavam James McDaniels, Wilham Morton e Frank Baker, todos famosos desde o rio Grande até o rio Pecos. Nossos dois aventureiros concordaram prontamente em aderir ao destino do grupo e Jesse assim o fez. Mas Billy recebeu informações, um ou dois dias antes da partida, de que seu velho companheiro Segura estava nos arredores de Isleta e San Elizario, Texas, e pensava em subir o rio Grande até Mesilla e Las Cruces. Billy decidiu imediatamente esperar por sua vinda, mas prometeu aos companheiros que os encontraria com toda a certeza em pouco tempo, em Mesilla ou no condado de Lincoln.

Foi em Mesilla que Jim McDaniels apelidou Billy de "the Kid", por causa de sua aparência juvenil, *nom de guerre* pelo qual foi conhecido durante todo o resto de sua vida atribulada. É também por esse nome que será chamado nas próximas páginas desta história.

Os novos amigos de the Kid partiram para o condado de Lincoln com Jesse e ele esperou impacientemente a chegada de Segura. Fez frequentes viagens curtas a partir de Mesilla e, ao retornar de uma delas, trazia consigo seu famoso cavalo cinzento que o transportaria tão valentemente em direção e para fora de muitos "apertos" durante os próximos dois anos.

Foi no começo do outono de 1876 que the Kid fez sua famosa viagem de 130 quilômetros em pouco mais de seis horas, montado no cinzento. A causa e a necessidade de sua viagem são explicadas a seguir.

Em San Elizario fora descoberto algum ato criminoso de Segura, ou, pelo menos, havia suspeitas de que ele tivesse agido ilegalmente, por isso foi preso e trancado na cadeia da cidade. Existia um forte preconceito contra ele na localidade, por parte de cidadãos de sua própria cidade natal, e murmuravam-se ameaças de linchamento. Com promessas de rica recompensa, Segura conseguiu os serviços de um inteligente rapaz mexicano e o mandou rio Grande acima à procura de the Kid, em cujo sereno julgamento e destemida coragem depositava total confiança. Recebera um comunicado de the Kid e estava prestes a se juntar a ele quando foi preso.

Fiel ao seu patrão, o mensageiro procurou the Kid em Mesilla, Las Cruces e arredores, encontrando-o finalmente num rancho no lado oeste do rio Grande, cerca de dez quilômetros ao norte de Mesilla e quase defronte à cidade de Doña Ana. A distância desse rancho até San Elizario era: até Mesilla, 9 quilômetros e 500 metros, até Fletch Jackson's (chamado de the Cottonwoods), 37 quilômetros, até El Paso, Texas,

43 quilômetros e 500 metros e até San Elizario, 40 quilômetros, compreendendo ao todo 130 quilômetros. A trajetória de the Kid foi, sem dúvida, ainda maior que essa distância, pois tomou uma rota tortuosa para evitar que fosse visto, mas ele a percorreu em pouco mais de seis horas, como foi dito acima.

Montou no disposto cinzento lá pelas seis horas da tarde, deixando o mensageiro à espera de seu retorno. Comentou com o rapaz que já estaria a caminho de volta, com Segura, pela meia-noite. O rapaz mostrou-se cético, mas the Kid afagou o pescoço do cavalo.

– Se sou um bom juiz de cavalos – falou – este sujeito vai conseguir fazer a viagem. – E partiu velozmente.

"O Swiftly can speed my dapple gray steed,
Which drinks of the Teviot clear;
Ere break of day; the warrior 'gan say,
*'Again will I be here'."**

Evitando Mesilla, o cavaleiro manteve-se na margem oeste do rio, percorrendo vinte quilômetros até a pequena cidade de Chamberino, onde, sem procurar os vaus, lançou-se na corrente sempre traiçoeira do rio Grande.

"Cada onda se elevava com espuma amarela." Mais de uma vez as águas lamacentas dominaram cavalo e cavaleiro. Durante trinta minutos ou mais, the Kid e seu fiel cinzento combateram as ondas enfurecidas, mas a habilidade, a força e a coragem prevaleceram,

---

* "Corre veloz meu corcel cinza manchado, / Que bebe do claro Teviot; / 'Antes de romper o dia', o guerreiro começou a dizer, / 'De novo aqui estarei'." (N.T.)

cavalo e cavaleiro saíram pingando do rio, bem uns quinhentos metros além do ponto onde tinham desafiado as águas.

E então prosseguiram a corrida, por Cottonwoods, por esse pilar que marca o canto onde se juntam México, Novo México e Texas, por Hart's Mills, até the Kid puxar as rédeas na frente do *saloon* de Ben Dowell, em El Paso, então Franklin, Texas.

"A moment now he slacked his speed,
A moment breathed his panting steed". *

Eram então dez horas e quinze minutos, e o cinzento tinha percorrido noventa quilômetros. O ousado cavalheiro parou algum tempo para engolir uma dose de uísque Peter Den e alimentou o cavalo com um punhado de biscoitos. Em dez minutos, ou talvez menos, já estava de novo em disparada pelo caminho, com quarenta quilômetros entre ele e o amigo cativo.

Perto da meia-noite, talvez alguns minutos depois, um dos mexicanos que estavam vigiando Segura na cadeia em San Elizario foi despertado por uma voz martelada que pedia, num espanhol excelente, para que abrisse a porta.

– Quien es? – perguntou o guarda.

– Saia – replicou the Kid. – Temos aqui dois prisioneiros americanos.

A corrente caiu com barulho, e o guarda apareceu na entrada. The Kid pegou-o gentilmente pela manga e o levou até o canto do edifício. Enquanto caminhavam, o cano brilhante de um revólver ofuscou a visão

* "Por um momento então ele diminuiu a velocidade, / Por um momento respirou o corcel ofegante." (N.T.)

do carcereiro e ele foi informado de que um único grito de alarme seria o sinal para os primeiros preparativos do funeral. O guarda convenceu-se e entregou rapidamente o revólver e as chaves. The Kid recebeu a arma, tirou deliberadamente as balas e atirou-a no telhado da cadeia. Deu instruções ao carcereiro e seguiu-o para dentro do corredor. A porta da cela em que Segura estava preso foi rapidamente aberta e avisou-se a seu ocupante que fizesse silêncio. The Kid ficou parado na porta com o revólver engatilhado na mão, conversando em voz baixa com Segura e dirigindo ocasionalmente uma ordem dura ao atemorizado guarda para que se apressasse, quando este se atrapalhava com os ferros do prisioneiro.

Tudo isso foi realizado no tempo que se leva para relatar os fatos. Com a ajuda de Segura os dois guardas foram rapidamente acorrentados um ao outro, amarrados a um poste, amordaçados, as portas da prisão trançadas e as chaves foram parar junto ao revólver do guarda no telhado da casa. The Kid disse estar exausto de andar a cavalo, colocou seu velho companheiro na garupa do cinzento e, então, adotando uma marcha gingada que manteve o cavalo a galope, os dois deixaram para trás a cadeia de San Elizario e seus ocupantes. Tomando um vau bem conhecido, cruzaram o rio Grande e em pouco mais de uma hora estavam dormindo no rancho de um aliado mexicano. Esse amigo escondeu o cavalo corajoso na margem do rio, montou um mustang e se dirigiu a San Elizario para observar o desenlace, quando o caso fosse revelado ao público.

Antes do amanhecer, o fiel amigo estava de volta à cabana com o cavalo de the Kid e um mustang descansado e robusto, encilhado e com freios. Despertou os dois rapazes que dormiam. Eles engoliram rapidamente uma xícara de café, uma *tortilla* e um pedaço de carne seca de ovelha, e mais uma vez os fugitivos voaram pela pradaria.

Duas horas mais tarde, um grupo de não menos de trinta homens, armados e montados, vieram até o rancho. O proprietário, com muitas maldições no mais puro castelhano contra gringos ladrones, relatou sua história de roubo e insulto, de como tinham levado seu melhor cavalo, insultado sua mulher e revirado a sua casa em busca de saque. Descreveu os patifes com precisão e indicou aos perseguidores o caminho que tinham tomado. Viu-os partir e retornou tristemente para sua casa, para lamentar, no seio da família, a maldade do mundo e contar um punhado de moedas que the Kid deixara cair ao sair apressadamente.

Os perseguidores seguiram o caminho indicado, mas este só os levou a uma busca inútil pela pradaria, por alguns quilômetros, enveredando, depois de um desvio, para a margem do rio Grande de novo. Era fácil ver onde os dois amigos tinham entrado na corrente, mas os perplexos caçadores nunca descobriram onde saíram.

The Kid e seu companheiro chegaram ao rancho onde o rapaz mexicano os esperava perto do meio-dia do dia seguinte. Esse mensageiro foi recompensado com um punhado de moedas não contadas e dispensado.

E assim, de uma após outra localidade, the Kid foi banido por causa de seus atos sangrentos e violações da lei. Mas nem tão definitivamente banido. Tinha prazer em visitar de vez em quando alguns de seus antigos pousos, numa hora inesperada, montado no seu valoroso cinzento, o revólver na mão, para zombar dos oficiais da lei que, em suas bravatas, já o tinham matado centenas de vezes, e observar seus membros trêmulos e seus lábios pálidos, enquanto corriam cegamente a um abrigo.

One instant's glance around the threw,
From saddle-bow his pistol drew,
Grimly determined was his look,
His charger with his spur he struck,
All scattered backward as he came,
*For all knew...**

E temiam "Billy the Kid". Seu olhar quase não era "implacável", mas, através de seu sorriso insinuante e de seus olhos flamejantes, brilhavam bastante "determinação" e ousadia diabólica para esvaziar as ruas, mesmo que vinte oficiais estivessem de serviço.

* "Um rápido olhar ao redor lançava, / Do arção anterior o revólver sacava, / Implacavelmente determinado era o seu olhar; / Com as esporas golpeava o cavalo, / Todos recuavam quando aparecia / Pois todos conheciam..." (N.T.)

Capítulo VII

Uma aventura selvagem nas montanhas Guadalupe – Os apaches mescalero novamente – Ação sangrenta – O mais alto grito até agora – Escalando um precipício quase perpendicular – Escapada milagrosa

He trusted to his sinewy hands,
And on the top unharmed he stands. *

Quando the Kid visitou Mesilla novamente, encontrou cartas de Jesse Evans e de seus companheiros insistindo para que fosse sem demora ao encontro deles no rio Pecos, perto de Seven Rivers. Avisavam, entretanto, que não tentasse a rota mais curta e, em circunstâncias normais, mais praticável, pelas montanhas Guadalupe, porque essa região estava cheia de índios apaches, que sempre se indignavam com invasões a seus domínios. Aconselhavam-no a seguir a rota do correio, por Tularosa e pela cidade de Lincoln. O mero final de uma aventura perigosa e a expectativa de um combate com os índios, pelos quais tinha aversão mortal, serviram como um estímulo para que the Kid tentasse chegar ao seu destino pela rota mais perigosa. Segura usou todos os seus poderes de persuasão para dissuadi-lo do empreendimento arriscado, mas em vão. Como Billy não conseguiu convencer Segura a acompanhá-lo, separaram-se de novo, desta vez para sempre.

The Kid procurou então um companheiro com ousadia suficiente para enfrentar o perigo que tinha pela

* "Ele a suas fortes mãos confiou, / E no alto ileso se levanta." (N.T.)

frente, e encontrou-o num jovem que era conhecido como Tom O'Keefe. Tinha mais ou menos a mesma idade de the Kid e coragem para enfrentar quase todos os tipos de aventura. Os dois rapazes prepararam-se para a viagem a Las Cruces. The Kid deixou seu cinzento em mãos seguras, com instruções para que o enviassem a qualquer ordem sua. Embora o cavalo fosse veloz e tivesse fôlego, um pangaré mexicano o deixaria para trás nas montanhas. Assim the Kid e O'Keefe conseguiram dois robustos cavalos mustang, cavalgaram até El Paso, compraram um mulo mexicano e carregaram-no com provisões e cobertores. E dois moços de dezessete anos partiram para atravessar quase trezentos quilômetros de uma região indígena que os mais velhos e os mais corajosos batedores costumavam evitar.

Na segunda noite nas montanhas, acamparam à entrada de um desfiladeiro profundo. Ao amanhecer the Kid saiu para explorar o terreno. Subiu o desfiladeiro e, vendo alguns picos mais altos a noroeste, empenhou-se em chegar até lá, pois pretendia escalar um deles para determinar sua posição. Tinha dito a Tom que retornaria pelo meio-dia. Estava de volta em pouco mais de uma hora, anunciando que encontrara um rasto indígena que não tinha nem três horas e que ele estava certo de que esses índios se dirigiam a um lugar com água, não só por causa da configuração da região, mas pelo fato de que tinham derramado água no chão ao longo do rasto .

– Não vou dar a estes peles-vermelhas o trabalho de virem atrás de mim – disse the Kid. – Vou só segui-los na retaguarda por um tempo.

– Você não acha – perguntou Tom – que seria melhor, por enquanto, tomar a nossa trilha e prosseguir por ela?

– Não – respondeu the Kid. – Não vê que temos de conseguir água? Está perto daqui. Esses caras de tanga estão indo direto para lá. Acho que um pequeno tumulto com vinte ou trinta desses patifes covardes me faria esquecer a sede enquanto durasse a luta e daria à água o sabor de vinho depois que a briga tivesse terminado.

– Não podemos esperar – propôs Tom – até abandonarem o local da água?

– Oh – replicou the Kid. – Não vamos procurar briga com eles. Mas e se eles acamparem perto das fontes uma semana? Sentirão nosso cheiro a quinze quilômetros de distância. Prefiro surpreendê-los a ser descoberto por eles. Vou conseguir água ou sangue, quem sabe as duas coisas.

Logo encontraram o rasto fresco dos índios e o seguiram com cuidado por uma hora ou mais. Então, de repente, depararam-se com a parede nua de um penhasco. O rasto está sob seus pés, seguindo direto até a rocha: mas, na base do rochedo, observaram que um conjunto irregular de pedras soltas tinha sido deslocado, indicando a rota dos índios, que se desviava um pouco à direita. Seguindo-a, descobriram uma abertura, que não tinha mais de noventa centímetros de largura, cercada e coberta com arbustos mirrados e vinhas que se atiravam para cima.

The Kid desmontou e espiou pela abertura, mas só podia enxergar até uma certa distância, pois curvas na passagem obstruíam sua visão. Voltaram um pouco atrás na trilha anterior até encontrarem um esconderijo razoável para os animais, onde então pararam. The Kid pegou o único cantil que tinham e preparou-se para explorar a temível passagem. Disse a Tom que voltaria correndo e gritando, e isso seria um sinal para abandonar o mulo, trazer os cavalos e montá-los, prontos para a fuga.

– E – acrescentou – se eu trouxer água, não deixe de pegar o cantil da minha mão, beba sem parar de correr e depois o jogue fora.

Todos os argumentos de Tom para dissuadir the Kid de seu propósito foram inúteis. A resposta foi:

– Prefiro morrer lutando a perecer de sede, como um rato numa armadilha.

Com audácia, mas com cuidado, the Kid entrou na escura e sombria passagem. Agachando-se, sem fazer barulho, seguiu os meandros por cerca de cem metros, segundo sua estimativa, quando então chegou repentinamente a uma abertura, com uns dez metros de largura, que se estendia para sudoeste, estreitando-se gradualmente até uma curva esconder de sua visão o curso posterior. A passagem e a abertura eram muradas com rochas de muitos metros de altura. Grama e ervas daninhas cresciam luxuriantemente neste pequeno anfiteatro, e um olhar à esquerda revelava uma fonte borbulhante na montanha, jorrando de uma fissura da rocha, brilhante, clara e efervescente.

Abraçando a base do rochedo e engatinhando, the Kid aproximou-se, com o cantil já preparado, da beira de uma bacia da rocha. O solo ao redor estava marcado por cascos de cavalo e a água recentemente derramada perto da margem da fonte indicava que os vermelhos tinham acabado de abandonar o lugar. Rosto e cantil foram logo mergulhados na fonte fresca. The Kid bebeu longa e profundamente, encheu o cantil até transbordar, depois se afastou furtivamente.

Ao entrar na passagem, já estava se congratulando pela boa sorte, quando, de repente, um terrível grito indígena e uma saraivada de balas de mosquete, provenientes de um lugar quase bem acima de sua cabeça, à direita, desfizeram sua ilusão de segurança. Seu grito de aviso retumbou em resposta e, então, atirando o cantil no rosto dos índios, que só podiam aproximar-se um a um pelo desfiladeiro, tirou seu revólver de seis tiros do coldre, deu meia-volta e, tão rápido como qualquer mescalero, mergulhou na garganta de onde acabara de sair, perseguido por um número de selvagens que não sabia precisar e por gritos e chuvas de chumbo.

Vamos voltar por um momento a O'Keefe. Este escutou os aterrorizados gritos de the Kid e, ao mesmo tempo, o ruído de armas de fogo e o pavoroso grito de guerra dos índios. Seguiu as instruções de the Kid quanto a trazer os cavalos para fora do esconderijo, mas então o impulso irresistível de autopreservação o dominou e ele montou e fugiu tão rapidamente quanto o permitia o cantinho sinuoso e difícil. Os gritos dos malditos apaches, multiplicados por milhares de ecos, pareciam chegar a seus ouvidos não só pela retarguada, mas também pela direita, pela esquerda e pela frente, e como ressoavam de pico a pico ele convenceu-se de que milhares de diabos escuros o perseguiam, a partir de todas as direções.

Percebendo uma fenda nas rochas, à sua direita, inacessível a um cavalo, atirou-se da sela, deu ao cavalo assustado uma palmada de partida que o fez descer ruidosamente o declive íngreme e, então, apoiando-se nas mãos e nos joelhos, arrastou-se para dentro da fenda. Sem jamais olhar para trás, continuou a trepar cada vez mais alto e, quando alcançou um pequeno platô plano, acreditou que tinha seguramente chegado ao cume das montanhas. A descarga de armas e os gritos selvagens ainda chegavam fracamente a seus ouvidos. Tremendo, levantou-se. As mãos e os membros estavam arranhados, feridos e sangrando, e as roupas quase arrancadas do corpo. Abatido pela perda de sangue, esforço e sede, relanceou os olhos injetados sobre os picos e rochedos circundantes. Durante alguns momentos não conseguiu discernir nenhum sinal de vida, exceto, aqui e ali, um imenso pássaro afugentado de seu elevado poleiro pelos sons inusitados, circulando preguiçosamente sobre a cena do conflito lá embaixo.

As pálpebras de Tom baixavam e ele estava prestes a se entregar a um entorpecimento incontrolável, quando uma visão estranha, para ele incompreensível, prendeu seu olhar vacilante. Ao longe, na direção sudeste, na superfície de uma encosta aparentemente perpendicular, sem apoio, em pleno ar, avistou um objeto em movimento, diferente de animal ou ave, mas que no entanto ascendia vagarosamente, cada vez mais alto sobre o penhasco vertiginoso. Uma vez presa a sua atenção, pôde discernir, fitando longa e fixamente, que se tratava da figura de um homem. Às vezes escondido pela vegetação mirrada que aflorava das fendas da rocha e às vezes de pé, ereto, em ousado relevo, ele continuava a subir – vagarosamente, laboriosamente. Tom também via massas de rocha e terra serem deslocadas por pés ousados, e escutava seu estrondo no abismo lá embaixo, despertando milhares de ecos das montanhas vizinhas.

Finalmente ficou claro ao juízo perplexo de O'Keefe que este alpinista não podia ser outro senão the Kid, que tentara esta subida terrivelmente perigosa como o único meio de escapar dos índios. Mais uma vez a consciência, que por um momento despertara, abandonou Tom e, completamente exausto, ele deixou-se cair sobre a rocha, onde dormiu um sono profundo.

Vamos retornar a the Kid, que deixamos em perigo iminente. Ele tinha conseguido beber goles abundantes de água e sentia seu efeito refrescante. Deixara sua Winchester com Tom, pois não pensava em lutar, mas em fugir. Dessa forma, tinha apenas seu fiel revólver de seis tiros e um punhal curto para combater vinte selvagens bem armados, sedentos de sangue.

Quando the Kid se atirou pela passagem estreita que levava de volta à fonte, os índios estavam só poucos passos atrás, mas, quando alcançaram a abertura, sua vítima tinha desaparecido. Procuraram instintivamente pelo rasto e encontraram sem demora. Seguiram-no por alguns instantes em silêncio. Esses momentos foram preciosos para the Kid. O rasto os conduziu direto a um penhasco aparentemente inacessível. Levantaram intencionalmente os olhos e lá no alto, como se estivesse flutuando em pleno ar, bem acima de suas cabeças, avistaram sua presa. The Kid, entretanto, desapareceu bem depressa atrás de uma saliência providencial, enquanto se elevava um grito de raiva e de frustração como só um apache consegue emitir, e choviam balas contra a encosta da montanha, cortando a vegetação escassa e achatando-se contra a rocha resistente.

Em um minuto cerca de seis jovens guerreiros tiraram a roupa para a perseguição. Um deles, um jovem ágil e forte que parecia possuir as qualidades escaladoras da pantera, chegou rapidamente a um ponto poucos metros abaixo de onde the Kid desaparecera. Por um instante um braço se projetou da saliência protetora. Um clarão, um estampido, e o escalador ousado pairou por um momento acima do espaço lá embaixo. Depois, com os braços estendidos e um grito de morte nos lábios cambaleou e caiu de costas, batendo, de saliência em saliência, até se esparramar, uma massa esmagada e sem vida, aos pés do bando. The Kid simulou abandonar seu esconderijo, atraindo dessa maneira o fogo dos selvagens, mas, antes que as balas se abatessem sobre ele, atirou-se outra vez no abrigo, de onde tornou a sair rapidamente, e entre os gritos de ódio continuou sua escalada. Dois ou três saltos desesperados de rochedo para rochedo e ele encontrou outro esconderijo incerto. Os perseguidores, sem temer a sorte de seu camarada, mantinham perseverantemente a caçada. O corpo de the Kid estava agora estirado fora de seu refúgio, bem à vista, o olhar virado para baixo e, entre uma chuva de balas, seu revólver expeliu novamente uma torrente de fogo mortal, e eis que outro apache recebeu um bilhete grátis para os Felizes Campos de Caça. O corpo inerte desse selvagem redimido ficou preso numa saliência da rocha e suspenso sobre o abismo.

E então nosso herói parece desdenhar os esconderijos e emprega todas as energias para conseguir escalar o precipício, aonde nem mesmo um apache ousaria segui-lo. Ao parar várias vezes para respirar, inclinava-se para fora sobre o precipício aberto embaixo, zombava dos inimigos em espanhol e abria fogo sempre que via um *serape* ou uma pena em que atirar. As balas choviam ao seu redor, enquanto ousada, mas laboriosamente, ele conquistava seu caminho, centímetro por centímetro. Parecia ter uma vida enfeitiçada. Nenhum tiro o atingia, mas ficou gravemente ferido no rosto por um pedaço de rocha que uma bala arrancou da encosta do penhasco.

A pena mágica de Scott descreve a "caçada frenética" de Bertram Risingham, perseguindo o suposto espírito de Mortham sobre "rochas, florestas e rios". Os feitos do lendário Bertram, o perseguidor, e os feitos verdadeiros do real the Kid, o perseguido, são muito semelhantes. Canta Scott:

... his frantic chase
Sidelong he retuns, and now 'tis bent
Right up the rock's tall battlement,
Straining each sinew to ascend,
Foot, hand and knee, their aid must lend.

Now, to the oak's warped roots he clings,
Now trusts his weight to ivy strings;
Now, like the wild goat, must he dare
An unsupported leap in the air,
Hid in the shrubby rain, course now,
You mark him by the crashing bough,
And by his corslet's sullen clank,
And by the stones spurned from the bank,
And by the hawk scared from the nest,
And ravens croaking o'er their guest,
Who deem his forfeit limbs shall pay
The tribute of his bold essay.

See, he emerges! desperate now
All further course – Yon beetling brow,
In cragged nakedness sublime,
What heart or foot shall dare to climb?
It bears no tendril for his clasp,
Presents no angle to his grasp,
Sole stay his foot may rest upon,

Is yon earth-bedded jetting stone.
Balanced on such precarious prop,
He strains his grasp to reach the top.
Just as the dangerous stretch he makes,
By Heaven, his faithless foot stool shakes!
Beneath his tottering bulk it bends
It sways, it loosens, it descends!
And downward holds its headlong way,
Crashing o'er rock and copsewood spray,
Loud thunders shake the echoing dell!
Fell it alone – alone it fell.
Just on the very verge of fate,
The hardy Bertram's falling weight
He trusted to his sinewy hands,
*And on the top unharmed he stands!**

---

* "...sua frenética caçada / Para o lado ele desvia, e agora resolve / Escalar a alta ameia da rocha, / Retesando cada músculo para subir, / Pé, mão e joelho devem cooperar / (...) / Ora às raízes retorcidas do carvalho se agarra, / Ora confia seu peso às cordas da hera; / Ora, como o bode selvagem, deve ousar / Um salto sem apoio no ar; / Escondido na chuva de arbustos, agora caminho, / Percebe-se sua presença pelo galho que quebra,/E pelo ruído soturno do corselete, / E pelas pedras afastadas da rampa, a pontapé / E pelo gavião afugentado do ninho, / e pelos corvos grasnando sobre seu hóspede, / Que esperam ver os membros perdidos pagarem / O tributo da tentativa ousada. / Vejam, ele surge! desesperado agora / Qualquer curso adiante. Aquele cume saliente, / Em sublime e íngreme nudez, / Que coração ou pé ousará escalar? / Não há gavinhas a que se possa agarrar, / Não se vê nenhum ângulo que sirva de apoio, / o único esteio em que seu pé pode se firmar / É aquela pedra que, encrustada na terra, se lança para o alto. / Equilibrado em tão precário arrimo, / Ele se agarra com esforço para chegar ao topo. / Bem quando o perigoso lance realiza, / Céus, o apoio inseguro de seu pé estremece! / Sob seu volume vacilante o suporte se curva, / Balança, solta-se, tomba! / E para baixo segue seu caminho precipitado, / Colidindo com rochas e ramos de árvores; / Altos trovões estremecem o vale que ecoa! / Caiu sozinho – sozinho caiu. / Bem na orla do destino, / O corpo cadente do bravo Bertram / Ele as suas fortes mãos confiou, / E no alto ileso se levanta"! (N.T.)

Mais uma vez naquela encosta, como Bertram, the Kid confiou todo seu peso às "fortes mãos" e mais uma vez ousou "um salto sem apoio no ar". Bastante tempo depois costumava dizer que a experiência mais próxima de pesadelo que chegara a ter era tentar repetir aquela façanha em seus sonhos.

The Kid alcançou o topo do pico em segurança. Já não temia a perseguição dos índios, pois sabia que eles tinham abandonado a perigosa rota que ele tomara e levariam dias para fazer o desvio necessário, se quisessem interceptá-lo ao sul. Sua situação era, entretanto, lastimável, para não dizer desesperada. Quase totalmente exausto pelo esforço, ferido, sangrando, com os pés machucados, faminto e sedento. Sono era, no entanto, o que mais desejava, e essa bênção estava à mão. Como O'Keefe, afundou num canto com sombra e cortejou o "sono refrescante, doce restaurador da natureza".

CAPÍTULO VIII

The Kid reúne-se a seus companheiros – "A guerra do condado de Lincoln" – Os direitos de propriedade – Um mito – The Kid troca de base, por princípio

No fim do último capítulo, deixamos the Kid dormindo pacificamente no cume de um pico das montanhas Guadalupe, e O'Keefe, também adormecido, numa meseta de outro pico da mesma cadeia de montanhas. A distância entre eles, via aérea, não era tão grande, mas havia muito mais que distância entre os dois. Desfiladeiros, precipícios, penhascos e moitas, para não falar de um possível bando de selvagens, ardendo de ódio pela frustração de seus intentos e ansiando por vingança mortal. "Tão perto, porém tão longe." Ambos acordaram na manhã seguinte, quando o sol apareceu a leste. Cada um fez conjeturas sobre o destino do outro. The Kid tomou uma trilha reta em direção ao sol nascente, depois que alcançou o vale ao pé do lugar em que descansara durante a noite, e chegou às pastagens perto do rio Pecos em três dias. Conseguiu água a longos intervalos, mas nenhum alimento, a não ser frutinhas silvestres, durante a viagem. Caminhou o percurso todo e estava completamente exausto quando atingiu os campos. Depois de alguns dias de descanso, tendo-se informado sobre a posição de seus anfitriões a respeito das duas facções na guerra do condado de Lincoln, revelou sua identidade e recebeu imediatamente armas e montaria. Um dos criadores de gado o acompanhou até uma fortificação, da facção Murphy-

Dolan, onde novamente encontrou Jesse Evans e seus camaradas, de quem se separara perto do rio Grande.

The Kid estava muito ansioso por saber do destino de O'Keefe e persuadiu dois ou três rapazes a acompanhá-lo mais uma vez até Las Cruces, com a intenção de, caso não tivesse notícias dele por lá, retornar pela rota de Guadalupe para tentar encontrá-lo. Ou, se não tivesse êxito,"devoraria alguns índios", segundo sua expressão. Ele nunca abandonava um amigo. Tinha outra coisa a fazer em Las Cruces. Seu cinzento favorito estava lá e ele estava louco para montá-lo de novo.

Voltemos a O'Keefe nos desfiladeiros selvagens das montanhas. Como the Kid, ele tinha dormido bastante e estava revigorado. Mas, menos afortunado que o companheiro, não conseguira água no dia anterior e sofria intensamente não só de sede, mas também de fome.

Seu primeiro impulso foi afastar-se o mais longe possível da cena do horror que se passara tão recentemente. Mas seu sofrimento por falta de água estava tornando-se agudo. Sentia uma espécie de delírio e o impulso de retornar à fonte para conseguir água era irresistível. Deixou-se ficar, entretanto, no esconderijo, escutando com terror qualquer ruído e sofrendo incalculável agonia, até que a noite caiu, a lua propiciou um pouco de luz e ele pôde encontrar tanto a fonte como o cantil. Depois de saciar apressadamente a sede e encher o cantil, retomou ao lugar onde deixara o cavalo de the Kid e o mulo de carga. Encontrou o corpo morto do cavalo, furado de balas, nem doze metros de onde o vira pela última vez, mas não havia sinal do mulo. E Tom dispôs-se a percorrer a pé o caminho de volta às aldeias.

Durante toda a noite e grande parte do dia seguinte ele seguiu em frente com esforço. Como the Kid, encontrou algumas frutinhas verdes com que "matou a fome". Perto do meio-dia deu com um acampamento indígena abandonado, onde os selvagens tinham recentemente parado para assar mescal. Mexendo entre as pedras e a terra perto dos buracos onde haviam feito fogo, encontrou grande quantidade de refugos meio assados, o que lhe proporcionou um grande banquete e até mais do que se dispôs a levar consigo para uso posterior na viagem.

Em poucas horas o andarilho chegou à pradaria plana ao pé das montanhas no sul. Sua boa sorte, entretanto, ainda não o tinha deixado. Na terra macia descobriu o rastro do cavalo que abandonara. A noite aproximava-se, mas, mesmo cansado como estava, seguiu o rasto até que a escuridão o escondeu. Exatamente quando se preparava para procurar um "lugar macio" onde passar a noite, viu à direita, a uns cem metros de distância, um objeto móvel. Para encurtar a história, era seu cavalo. Dormiu nos cobertores da sela aquela noite e, no tempo devido, voltou em segurança para o rio Grande.

O encontro, em Las Cruces, entre the Kid e O'Keefe foi uma surpresa e uma satisfação. Os esforços de the Kid para persuadir Tom a acompanhá-lo no empreendimento do condado de Lincoln foram em vão. O'Keefe não queria mais saber dessa localidade e não desejava um segundo encontro com os mescaleros.

A guerra do condado de Lincoln, de que the Kid estava agora prestes a participar, já fermentava desde o verão de 1876, mas começou realmente na primavera de 1877. Continuou por quase dois anos, e os roubos e assassinatos que causou encheriam um volume. A maioria desses crimes não foi cometida pelas figuras principais nem pelos participantes da guerra propriamente ditos, mas a situação instável do condado, criada por esses distúrbios, atraía os fora da lei, os ladrões de cavalo e gado, os salteadores, os assassinos, os condenados fugitivos e os criminosos de todos os estados e territórios da fronteira. Lincoln e os condados vizinhos ofereciam um campo rico e comparativamente seguro para suas atividades nefastas.

Não se tem aqui a intenção de discutir os méritos dos conflitos, censurar ou apoiar uma ou outra das facções, mas simplesmente a de detalhar os acontecimentos da guerra de que o herói destas aventuras participou.

As figuras principais nesse conflito foram, de um lado, John S. Chisum, chamado "Rei do Gado do Novo México", que tinha Alex A. McSween e John H. Tunstall como importantes aliados. No outro lado, estavam a firma de Murphy & Dolan, comerciantes em Lincoln, a sede do condado, e muitos criadores de gado apoiados por quase todos os pequenos criadores de gado em Pecos Valley. Essa última facção recebeu o apoio do honorável T.B. Catron, procurador dos Estados Unidos para o território, um habitante e eminente advogado de Santa Fé, e criador de considerável quantidade de gado no vale.

Os rebanhos de John S. Chisum estendiam-se ao longo do rio Pecos, de Fort Sumner até bem abaixo da linha do Texas, uma distância de mais de 320 quilômetros, e eram estimados em quarenta mil a oitenta mil cabeças de gado texano puro-sangue, aperfeiçoado por cruzamento de raças. A.A. McSween era um advogado de sucesso em Lincoln que, além de contratado por Chisum, tinha outros interesses pecuniários com ele. John H. Tunstall era um inglês que só chegou à região em 1876. Tinha amplos recursos à sua disposição e formou uma sociedade com McSween em Lincoln. A firma construiu ali dois belos edifícios e estabeleceu uma casa comercial e o "Banco do Condado de Lincoln". Tunstall era um cidadão liberal, de espírito público e parecia destinado a tornar-se uma aquisição valiosa para os negociantes honrados de nosso país. Em sociedade com McSween ele também tinha investido uma soma considerável em gado.

A guerra sangrenta originou-se mais ou menos da seguinte maneira: os pequenos criadores de gado em Pecos Valley acusavam Chisum de monopolizar, alegando ter esse direito, toda aquela vasta extensão de pastagens. Diziam que sua grande avalanche de cascos e chifres engolfava e levava de roldão os rebanhos menores, sem esperança de recuperação ou compensação. Que a grande serpente desse Moisés moderno devorava as serpentes menores dos magos. Afirmavam que a cada "rodeio" o vasto rebanho de Chisum carregava junto centenas de cabeças de gado de outros criadores.

Por sua parte, Chisum alegava que esses proprietários tinham, em represália, combinado arrebanhar e retirar das pastagens – com o propósito de vendê-lo em vários postos militares e em outros lugares da região – gado que lhe pertencia e que ostentava a sua marca. Conflitos entre os vaqueiros empregados nas facções opostas eram frequentes e, como foi dito acima, no inverno e primavera de 1877 a guerra começou de verdade. Roubos, assassinatos e lutas sangrentas deixaram de provocar horror ou espanto.

Nessas condições não era tão indispensável que os empregados desses pecuaristas fossem vaqueiros experimentados. Deveriam, isto sim, possuir coragem e vontade de lutar pelos seus patrões, mesmo até a morte. A audácia temerária, a pontaria certeira e a habilidade sem par sobre um cavalo tomaram os serviços de the Kid uma aquisição sem preço para as fileiras da facção que os pudesse obter. Como relatado, ele foi contratado por McDaniels, Morton e Baker, que aderiam à causa Murphy-Dolan.

Durante o verão e parte do outono de 1877, the Kid seguiu fielmente a sorte do grupo com que se ligara. Passava o tempo nas pastagens de Pecos Valley e na estrada, com visitas ocasionais às cidades, onde, com seus companheiros, entregava-se, sem restrições, aos prazeres que os recursos limitados dos pequenos tendejons ofereciam. Seus encontros com os membros do grupo oposto eram frequentes e sua coragem destemida, aliada à destreza com a arma, lhe tinha granjeado nome e fama, que seus amigos, bem como seus inimigos, eram forçados a respeitar por admiração, por medo, ou por ambos os sentimentos. Não ocorreu nenhum acontecimento digno de nota durante a adesão de the Kid à facção Murphy-Dolan e ele declarou que todos os hábitos de sua vida eram "tediosos, gastos e vãos".

The Kid não estava satisfeito. Ou porque escrúpulos conscienciosos oprimissem sua mente, ou porque desejasse uma existência mais excitante, ou porque a política ditasse sua resolução, decidiu abandonar os patrões, os companheiros e a causa em que se engajara e à qual prestara bons serviços. Conheceu John H. Tunstall, um líder da oposição. Não se sabe se the Kid procurou essa entrevista ou se foi Tunstall que a buscou, ou se o encontro aconteceu por acaso. De qualquer modo, nosso herói disse a Tunstall que lamentava ter tomado partido contra ele e lhe ofereceu seus futuros serviços. Tunstall contratou-o imediatamente e enviou-o a rio Feliz, onde tinha um rebanho de gado.

The Kid voltou ao campo e anunciou corajosamente a seus antigos aliados que estava prestes a abandoná-los e que, quando se encontrassem de novo,

Those hands so fair together ranged,
Those hands, so frankly interchanged,
May dye with gore the green. *

Olhares escuros e ameaçadores brilharam debaixo de sobrancelhas que se contraíram ao ouvir esta comunicação e the Kid meio que temeu e meio que desejou um final sangrento para o encontro. Reclamações enraivecidas, argumentos impacientes e súplicas veementes, nada conseguiu demovê-lo de seu intento. Talvez a presença e intervenção de seu antigo e fiel amigo Jesse Evans tenha impedido a ameaça de explosão. Jesse argumentou:

– Rapazes, nós temos dormido, bebido, festejado, passado fome e lutado lado a lado com the Kid. Ele se aventurou sozinho entre nós, vindo, como um homem, nos informar sobre sua intenção. Não desapareceu sorrateiramente como um patife, deixando que descobríssemos, ao ouvir o estampido de sua Winchester, que lutava contra nós. Deixem que vá. Nossa hora virá. Vamos encontrá-lo novamente, talvez numa boa luta. – Então, à socapa, concluiu – ... e ele fará muitos de vocês, bravos sujeitos, guincharem.

* "Essas mãos, tão bem juntas dispostas, / Essas mãos, tão lealmente entrelaçadas, / Podem tingir o verde de sangue." (N.T.)

Silenciosa e sombriamente o grupo aquiesceu, com exceção de Frank Baker, que insinuou num tom grosseiro que agora era o momento para essa luta acontecer.

– Sim, seu maldito covarde, cachorro! – replicou the Kid, agora, quando vocês são nove contra um. Mas não pense que estou dormindo só porque pareço sonolento. Venha, Baker, já que você está querendo briga. Você só mata atirando pelas costas. Venha e lute com um homem que está olhando para você.

Raios vermelhos faiscavam dos olhos de the Kid enquanto ele olhava ferozmente para o acovardado Baker, que nada respondeu. Com essa zombaria nos lábios, nosso herói virou devagar o cavalo e partiu descansadamente, lançando um longo e pesaroso olhar a Jesse, de quem lamentava separar-se.

Capítulo IX

Novo serviço – Reforma aparente – Um amigo firme – O assassinato de Tunstall – A cólera de the Kid – Vingança – Os assassinos de Tunstall mortos por the Kid – Baker encontra-se com the Kid e trava sua última luta

Depois de jurar fidelidade a Tunstall, the Kid trabalhou durante alguns meses seguindo a rotina monótona do "vaqueiro". Em seu comportamento ninguém teria constatado a temeridade diabólica que o caracterizara até então. Tinha contatos frequentes com seu patrão, por quem sentia forte amizade e profundo respeito, sentimentos que Tunstall retribuía plenamente. Era também um hóspede sempre bem-vindo na residência de McSween. Tanto Tunstall como McSween foram amigos leais de the Kid e ele lhes foi fiel até o último momento. Sua vida passava-se sem incidentes. Atos de violência e derramamento de sangue ocorriam com frequência no Pecos e em outras partes da região, mas tudo estava quieto em rio Feliz. The Kid parecia ter perdido seu gosto por sangue.

*Fallen Child of Fortune, turn, redeem her favour here.**

Ele estava tranquilo, trabalhador e aparentemente satisfeito. Era a calmaria antes da tempestade.

No mês de fevereiro de 1878, William S. Morton (que diziam ter sido vice-delegado), com um bando legalmente armado constituído de vaqueiros do rio Pecos,

* "Filho abandonado da Fortuna, vire-se, recupere o favor dela." (N.T.)

começou a arrebanhar alguns cavalos que Tunstall e McSween afirmavam serem seus. Tunstall estava no local com alguns de seus empregados. Quando Morton e seu grupo se aproximaram, todos os homens de Tunstall o abandonaram, fugiram. Morton afirmou mais tarde que Tunstall abriu fogo contra ele e seu grupo armado. Seja como for, Morton e o bando atiraram em Tunstall, matando-o e a seu cavalo. Um certo Tom Hill, que foi depois morto ao roubar ovelhas, veio com o cavalo até onde Tunstall jazia de bruços, ofegando, colocou o rifle na parte de trás de sua cabeça e atirou, espalhando o cérebro sobre o chão.

Esse assassinato ocorreu no dia 18 de fevereiro de 1878. Antes do anoitecer the Kid foi avisado da morte do amigo. Sua cólera foi terrível. Jurando vingança, abandonou seu rebanho, montou a cavalo e daquele dia até a hora de sua morte seu caminho foi marcado por saques e sangue.

Pleasure, and ease, and sloth aside he flung,
As burst the awakening Nazarite his hand
When 'gainst his treacherous foes he clenched
*his dreadful hand.**

The Kid foi até Lincoln e procurou McSween. Aí ficou sabendo que R. M. Bruer tinha sido nomeado policial especial e, com um mandado de prisão, estava prestes a partir à frente de um grupo armado para prender os assassinos de Tunstall. The Kid juntou-se ao grupo, e todos se foram para o rio Pecos.

---

* "Prazer, tranquilidade e indolência pôs de lado, / Assim como, ao despertar, o nazarita a cinta rompeu, / Quando contra os inimigos traiçoeiros cerrou sua temível mão." (N.T.)

No dia 6 de março, Bruer e seu bando armado "caíram sobre" um grupo de cinco homens ao sul da passagem inferior do rio Penasco e a cerca de dez quilômetros do rio Pecos. Os cinco fugiram, perseguidos pelo bando do policial. Mais adiante separaram-se e, ao reconhecer Morton e Baker em dois fugitivos que cavalgavam juntos, the Kid saiu atrás deles, seguido pelos companheiros. A fuga e a perseguição desesperadas se prolongaram durante uns bons oito quilômetros. A Winchester de the Kid expelia fogo continuamente e seus companheiros não ficavam atrás, mas a distância e o movimento dos cavalos em disparada confundiam a mira e os fugitivos saíram ilesos. De repente, entretanto, os cavalos tropeçaram, cambalearam e caíram quase no mesmo instante. Talvez estivessem feridos; ninguém parou para ver. Uma vala amiga na pradaria, bem à mão, forneceu uma trincheira ao par fugitivo, da qual poderiam ter "resistido" a uma força duas vezes maior que a de seus perseguidores. Esses, entretanto, levavam vantagem, pois os perseguidos só tinham duas alternativas: render-se ou morrer de fome.

Depois de longas conferências, Morton propôs que, se o bando desse a sua palavra de honra de que iria conduzi-los, a ele e a seu companheiro Baker, em segurança até Lincoln, eles se renderiam. The Kid opôs-se com firmeza a dar essa garantia. Acreditava que dois dos assassinos de Tunstall estavam em seu poder e queria seu sangue. Mas não conseguiu impor sua opinião e a garantia foi dada, os prisioneiros desarmados e levados ao rancho de Chisum. The Kid partiu na frente e, ao montar, ouviram-no murmurar:

– Minha hora virá.

No dia 9 de março de 1878, o policial, com o bando armado e os prisioneiros, saiu do rancho de Chisum em direção a Lincoln. O grupo contava com treze homens. Os dois prisioneiros, o policial especial R. M. Bruer, J. G. Skurlock, Chas. Bowdre, the Kid, Henry Brom, Frank McNab, Fred Wayt, Sam Smith, Jim French, John Middleton e... McClosky. Pararam em Roswell, a oito quilômetros do rancho de Chisum, para que Morton pudesse colocar uma carta no correio da cidade. Esta carta, ele a endereçou a um primo, o honorável H. H. Marshall, Richmond, Virgínia. Uma cópia dessa carta está em mãos do autor, bem como uma carta que Marshall mais tarde enviou ao agente do correio. Morton descendia das melhores famílias de Virgínia e deixou muitos parentes e amigos a chorarem a sua perda.

Morton, que com todo o grupo era bem conhecido do agente do correio, M. A. Upson, pediu a este que, se ficasse sabendo de qualquer acontecimento importante, escrevesse a seu primo e o informasse dos fatos relacionados com o evento. Upson lhe perguntou se temia por sua vida na viagem. Ele respondeu que não, pois o bando armado tinha prometido entregá-los em segurança às autoridades de Lincoln, mas, se essa garantia viesse a ser quebrada, queria que seus amigos fossem informados. McClosky, do bando do oficial, estava parado por perto e respondeu:

– Billy, para vocês dois sofrerem algum dano, terão de me matar primeiro.

The Kid não tinha nada a dizer. Parecia distraído e taciturno, "digerindo" certamente "o veneno de seu mau humor". Depois de uma pequena estada, o cortejo continuou sua viagem. Os prisioneiros receberam como montaria dois cavalos inferiores. Essa foi a última vez que alguém, sem contar o oficial e seu bando, viu esses dois infelizes vivos. Era quase dez horas da manhã quando saíram da agência do correio. Lá pelas quatro horas da tarde Martin Chavez, de Picacho, chegou a Roswell vindo do norte e informou que, pelo rasto, o grupo abandonara a estrada direta até Lincoln e desviara-se em direção a Água Negra.

Das rotas que levavam até a base da Sierra de La Capitana esta era uma pouco frequentada, e a informação logo gerou dúvidas nas mentes dos ouvintes a respeito do destino de Morton e Baker.

No dia 11, Frank McNab, um dos membros do animado bando, retornou a Roswell e entrou na agência do correio. Disse Upson:

– Olá, McNab! Pensei que estivesse em Lincoln a esta altura. Novidades?

– Sim – respondeu. – Morton matou McClosky, um de nossos homens, tentou fugir e tivemos de matá-los.

– Onde Morton conseguiu armas? – perguntou Upson.

– Ele tirou a pistola de McClosky de seu coldre, matou-o e fugiu, atirando para trás enquanto se afastava. Tivemos de matá-lo, senão poderia ter ferido alguns de nós – explicou McNab.

A história era fraca demais. Os ouvintes não acreditaram nela. O que realmente aconteceu, conforme narrado por the Kid – e vários de seus camaradas confirmaram sua versão – foi o seguinte:

Dois ou três guardas tinham resolvido assassinar Morton e Baker antes de chegar a Lincoln. Correspondentes de jornais têm afirmado que the Kid matou McClosky. Essa notícia é falsa. Ele não foi um dos conspiradores, nem matou McClosky. Amaldiçoou Bruer com termos violentos por ter dado uma garantia de segurança aos prisioneiros, mas disse que, uma vez dada, não havia outra alternativa senão a de manter a palavra.

Mais tarde the Kid afirmou que tinha a intenção de matar os dois e disse que chegaria a hora de cumprir sua ameaça, mas que não mataria um homem desarmado.

McClosky e Middleton cavalgavam constantemente atrás dos prisioneiros, como se quisessem protegê-los. Os outros se mantinham na retaguarda, com exceção de the Kid e Bowdre, que estavam bem na frente. A uns trinta ou cinquenta quilômetros de Roswell, perto de Black Water Holes, McNab e Brown chegaram perto de McClosky e Middleton. McNab colocou o revólver junto à cabeça de McClosky e perguntou:

– Você é o filho da puta que tem de morrer antes que algum dano possa acontecer a estes sujeitos, não é?

E atirou enquanto falava. McClosky rolou de seu cavalo, já um cadáver. Os aterrorizados e desarmados prisioneiros fugiram tão rapidamente quanto seus pobres cavalos podiam carregá-los, perseguidos por todo o grupo e por uma chuva de chumbo inofensivo. Ao som do primeiro tiro, the Kid virou seu cavalo. Tudo era confusão. Ele não conseguia compreender a situação. Ouviu as armas de fogo e relampejou pela sua mente que os prisioneiros talvez tivessem, de algum modo, se apoderado de armas. Viu seus inimigos mortais tentando escapar e, enquanto afundava as esporas nos flancos do cavalo, gritou-lhes para que parassem. Eles mantiveram seu curso, com balas assoviando ao redor. Alguns saltos do enfurecido cinzento levaram the Kid à vanguarda dos perseguidores. Duas vezes apenas seu revólver falou e uma vida partiu a cada estampido. Assim morreu McClosky e assim pereceram Morton e Baker.

The Kid desmontou, virou o rosto de Morton para o céu e ficou olhando para seu antigo companheiro durante longo tempo em silêncio.

Grief darkened on his rugged brow,
Though half disguised with a frown. *

Não fez perguntas, e o grupo continuou a viagem a Lincoln, com exceção de McNab, que voltou ao rancho de Chisum. Deixaram os corpos onde caíram. Foram enterrados por alguns pastores mexicanos.

---

* "O pesar escurecia sua fronte enrugada / Embora meio disfarçado com uma carranca." (N.T.)

Capítulo X

Luta desesperada na agência de índios – Um homem resiste contra doze – Morre lutando – A morte de Dick Bruer – The Kid provoca "Billy" Mathews – Assassinato do xerife Brady e de Geo – Hindman nas ruas de Lincoln

Retornando a Lincoln, the Kid ligou-se ao destino de McSween, que a cada dia se envolvia mais profundamente nos acontecimentos da guerra. Era um homem de disposição pacífica, mas o assassinato de seu sócio despertou nele toda a paixão de luta. The Kid ainda fazia parte do bando oficial de Bruer, pois sua fome de vingança não estava de modo algum saciada e Bruer ainda continuava a procurar os assassinos de Tunstall.

Um dos atores nessa tragédia foi um ex-soldado chamado Roberts. The Kid ouvira dizer que ele podia ser encontrado nos arredores da agência de índios apaches mescalero, em South Fork, a uns sessenta e cinco quilômetros ao sul de Lincoln. Roberts era um excelente atirador, um cavaleiro experimentado, tão corajoso quanto hábil. Bruer e o grupo puseram-se logo a caminho para tentar prendê-lo. The Kid sabia que esse grupo nunca o capturaria vivo, pois o destino de Morton e Baker, nas suas mãos, ainda estava presente na memória de todos. E isto era um forte incentivo para apressar a expedição, no entender de the Kid. Ele não queria prisioneiros, mas vidas.

Quando o grupo se aproximou do edifício pelo leste, Roberts apareceu galopando do oeste. The Kid avistou-o e, descansando a Winchester sobre a coxa, esporeou o cavalo na sua direção, enquanto Bruer exigia rendição. A única resposta de Roberts foi aos movimentos de the Kid. Como um raio, colocou a Winchester no ombro e uma bala passou cantando perto da orelha de the Kid. Rápido como seu inimigo, a mira de the Kid foi mais precisa e a bala se espatifou no corpo de Roberts, infligindo-lhe um golpe fatal. Ferido de morte, este bravo rapaz não se deixou dominar, mas viveu para vingar-se mortalmente de seus perseguidores. No meio de uma chuva de balas desmontou e refugiou-se num anexo de onde, enquanto durou sua breve vida, distribuiu a morte com o seu rifle. Fez uma barricada na porta de sua fraca fortificação com um colchão e algumas roupas de cama que encontrou por ali e, atrás dessa proteção, travou sua última luta. Suas balas assoviavam pelos esconderijos onde os inimigos se moviam furtivamente. Se uma cabeça, uma perna ou um braço se projetava para fora, era um alvo para seu rifle. Charley Bowdre ficou gravemente ferido no lado e foi um cinto de cartuchos ao redor do corpo que o salvou da morte. Nessa luta Dick Bruer perdeu a vida. A serraria do dr. Blazer fica bem na frente do esconderijo utilizado por Roberts, do outro lado da rua. Diante da serraria havia no chão vários toros imensos de madeira. Sem ser visto por Roberts, Bruer tinha se arrastado até ali para, protegido atrás dos toros, tentar atirar no rapaz. Mas nem bem Bruer levantou a cabeça para observar a cena, o olho rápido de Roberts o descobriu. Só um dos olhos de Bruer ficou à mostra, mas foi o suficiente. A bala de uma Winchester entrou por ali, e Bruer rolou morto atrás dos toros.

O tempo de vida do bravo rapaz era curto, mas até o último suspiro seu olho fez o possível para divisar mais um alvo para sua mira, e ele morreu agarrado a seu fiel rifle.

Para the Kid, a morte de Roberts não foi motivo nem de alegria nem "de pesar". Tinha outras tarefas sangrentas a cumprir. Jurara que não descansaria, nem refrearia sua mão assassina, enquanto um dos matadores de Tunstall ainda vivesse.

For he was fierce as brave, and pitiless as strong. *

Morto Bruer, o comando do grupo foi conferido por unanimidade a the Kid. Ele não via muito proveito na posição, porque ela colocava seus atos sob a proteção da lei, que ele desprezava. O que ele queria eram dois ou três "cavaleiros livres" que, sem medo nem arrependimentos, assumissem todos os riscos e o seguissem aonde ele fosse.

Ao retornar a Lincoln, o bando dispersou-se, mas a maioria dos que o formavam reuniram seus destinos, tendo em the Kid o líder reconhecido. Com emissários cavalgando pela região em todas as direções, ele esperava sua hora e oportunidade. Passava a maior parte do tempo em Lincoln e encontrava-se frequentemente com partidários da outra facção, ocasiões que eram sempre o sinal para um tumulto. J. B. Mathews, bem conhecido em todo o território como "Billy" Mathews, tinha por the Kid uma aversão mortal. Não fazia parte do bando que matou Tunstall, mas denunciou com termos violentos os assassinos de Morton, Baker e Roberts. Era um amigo íntimo do popular Jimmy Dolan da firma de Murphy & Dolan e um forte defensor de sua causa. "Billy" era tão corajoso como qualquer um desses assassinos de mão tinta de sangue. Encontrava-se na praça de Lincoln no dia 28 de março e, por acaso, não

* "Pois ele era tão feroz como bravo, e tão impiedoso como forte." (N.T.)

estava armado. De repente deu de cara com the Kid, que imediatamente o "atormentou" com sua Winchester. "Billy" se atirou dentro de uma entrada, que the Kid estilhaçou a tiros na altura de sua cabeça. Mathews teve a sua vingança, entretanto, como se verá mais tarde.

Por essa época William Brady era o xerife do condado de Lincoln. O major Brady era um excelente cidadão e um homem corajoso e honesto. Era também um bom policial e esforçava-se para cumprir seu dever com imparcialidade. As objeções contra o xerife Brady restringiam-se a seu forte preconceito a favor da facção de Murphy-Dolan – esses cavalheiros eram seus bons amigos pessoais –, e ao fato de ser frouxo no cumprimento de seu dever, por medo de ofender um grupo ou outro. Entretanto, os cidadãos do Novo México serão unânimes em honrar a memória de um cavalheiro honesto, consciencioso e de bom coração.

O xerife Brady tinha mandados de prisão para the Kid e seus colegas, pelos assassinatos de Morton, Baker e Roberts. The Kid e seus cúmplices tinham evitado a prisão, desviando-se de Brady na praça e montando guarda no campo. Resolveram acabar com essa necessidade de vigilância, cometendo um crime que desgraçaria a ficha de um apache. The Kid tornara-se monomaníaco a respeito da vingança da morte de Tunstall. Não havia ato terrível e maldito que não empreendesse para eliminar os obstáculos na rota que levava à realização de seu objetivo. Brady, com seus mandados, barrava o caminho, e seu destino estava fadado.

No dia primeiro de abril de 1878, o xerife Brady, acompanhado de George Hindman e de J.B. Mathews, saiu da loja de Murphy & Dolan, em Lincoln, para ir ao tribunal anunciar que não haveria sessão no período de abril. Naqueles dias de anarquia dificilmente se via um homem na praça ou nas ruas de Lincoln sem uma arma no ombro. O xerife e seus assistentes tinham cada um seu rifle. A loja de Tunstall & McSween ficava quase a meio caminho entre os dois pontos citados acima. Na parte de trás do edifício de Tunstall & McSween havia um curral, cujo lado leste avançava além da casa e possuía uma boa vista da rua onde o xerife devia passar. The Kid e seus companheiros tinham feito sulcos no topo da parede de barro, para apoiar as armas. Quando o xerife e seus acompanhantes apareceram, choveu sobre eles uma saraivada de balas vinda do curral, e Brady e Hindman caíram, enquanto Mathews se abrigava atrás de umas velhas casas no lado sul da rua. Brady morreu na hora, crivado de balas. Hindman ficou mortalmente ferido, mas ainda viveu por alguns momentos.

Ike Stockton, que foi por tanto tempo um terror no condado de Rio Arriba, neste território, e em Southern Colorado, e que foi morto recentemente em Durango, tinha um *saloon* na cidade de Lincoln na época em que o acontecimento acima relatado ocorreu, e diziam que era um aliado secreto de the Kid e sua gangue. Foi uma testemunha do assassinato de Brady e, naquele momento, aproximou-se dos homens caídos. Hindman pedia fracamente por água. O rio Bonito estava bem perto, Stockton trouxe a água para o homem ferido no seu chapéu. Quando levantou a cabeça, descobriu Mathews no seu esconderijo. Nesse momento the Kid e seus colegas pularam a entrada do curral e aproximaram-se com a intenção expressa de se apoderarem das armas de Brady e Hindman. Ike sabia que, assim que aparecessem no campo de visão de Mathews, este atiraria neles, e tinha também certeza de que, se revelasse a presença de Mathews, ele próprio se tornaria um alvo. Por isso "defendeu-se" um pouco, tentando persuadir the Kid de que seria melhor não mexer nas armas, ou deixar isso para mais tarde. The Kid, porém, estava determinado e, quando se abaixou e levantou a arma de Brady do chão, uma bala do rifle de Mathews a arrancou de sua mão e abriu um sulco no lado de seu corpo, infligindo-lhe um ferimento doloroso, embora sem gravidade. Mais uma vez the Kid ficou frustrado. Aproximar-se do abrigo de Mathews era procurar a morte, e também havia perigo em perseverar na tentativa de se apossar das armas de Brady e Hindman. A prudência prevaleceu e o grupo retirou-se para a casa de McSween. Hindman viveu apenas por mais alguns momentos.

Este assassinato foi um crime muito covarde da parte de the Kid e fez com que perdesse muitos amigos que até então o tinham desculpado e protegido.

Capítulo XI

Jesse Evans novamente – The Kid e Jesse – Outrora amigos, agora inimigos mortais – Reminiscências – Encontro sem sangue – Tom O. Foliard

The Kid e seu grupo violento eram agora fora da lei em Lincoln, mas andavam pela cidade secretamente e sempre encontravam um esconderijo seguro e certo na casa de McSween. As leis não eram aplicadas, e eles várias vezes tiveram a ousadia de entrar na cidade em pleno dia, desafiando os inimigos e sendo acolhidos pelos amigos.

Durante um certo tempo o condado de Lincoln ficou sem xerife. Poucos tinham suficiente audácia para tentar cumprir as atribuições do cargo. Por fim, George W. Peppin concordou em aceitar uma nomeação temporária. Nomeou, por sua vez, muitos delegados e, durante o tempo em que ocupou o cargo, o roubo, o assassinato, o incêndio culposo e todos os crimes da lista se uniram e fizeram um carnaval na região. The Kid não ficou ocioso. Onde quer que um coração ousado, um julgamento frio ou um espírito temerário se fizesse necessário no interesse de sua facção, the Kid aparecia na linha de frente.

San Patricio, uma pequena cidade mexicana no rio Ruidoso, a uns onze quilômetros de Lincoln por uma trilha na montanha, era um dos pontos preferidos de the Kid e seu bando. A maioria dos mexicanos do lugar eram amistosos com ele e o mantinham bem informado sobre qualquer movimento que pudesse comprometer sua liberdade.

Certo dia de junho, ao amanhecer, José Miguel Sedillo, um fiel aliado de the Kid, chegou com a informação de que Jesse Evans, com um grupo do sul, andava rondando por perto, provavelmente com a intenção de roubar uns cavalos que pertenciam a Chisum e McSween e que estavam aos cuidados de the Kid e seu bando.

Sem esperar pelo café da manhã, the Kid partiu com cinco homens, todos os que estavam com ele na hora. Eram Charley Bowdre, Henry Brown, J. G. Skurlock, John Middleton e Tom O. Foliard. Esse último era um jovem texano, ousado e inescrupuloso, que seguiu os passos de the Kid desde o dia em que se encontraram pela primeira vez até literalmente a morte. Nessa época estava com a gangue só há poucos dias.

Levando Brown com ele, the Kid subiu a uma elevação a oeste do Ruidoso e seguiu por ela na direção do rancho de Bruer, onde tinha deixado os cavalos. Enviou Bowdre, encarregado dos outros três, com instruções para seguir rio acima pela margem leste.

Depois de cavalgar uns cinco quilômetros the Kid ouviu tiros vindos de onde Bowdre e seus homens deviam estar. O tiroteio continuou, como se uma escaramuça estivesse acontecendo. Desmontou e mandou Brown dar a volta numa montanha à esquerda, enquanto ele próprio fazia o cinzento descer o declive íngreme na direção do rio, da estrada e dos tiros. Com muita dificuldade chegou ao pé da montanha, atravessou o rio, e estava vencendo com esforço uma subida íngreme quando o ruído das patas de um cavalo prendeu sua atenção. Logo avistou Brown, através de uma brecha entre as montanhas, cavalgando furiosamente para o norte e nesse momento uma fuzilaria saudou seus ouvidos. Montou, e então ocorreu uma cavalgada extraordinária de menos de um quilômetro e meio. Não foi notável pela velocidade, mas o espantoso foi como ele a conseguiu. Através de fissuras de rocha por onde um coiote, aparentemente, mal poderia se arrastar, sobre precipícios abruptos, através de moitas, cactos e zacaton, ele seguiu seu cantinho tortuoso e arriscado até que, ao sair do pico das montanhas que atravessara com tanta dificuldade, uma outra elevação semelhante se apresentou à sua frente. Entre as duas, uma garganta de uns oitocentos metros e, ao pé da montanha oposta, via-se a cena do conflito. Jesse, com um bando de oito homens, atacara o grupo de Bowdre. Lutavam, brigando entre as rochas e as moitas embaixo das montanhas. Estavam tão engalfinhados, confundidos e encobertos que the Kid mal podia distinguir amigos de inimigos. Descobriu Bowdre, entretanto, nas mãos dos inimigos, entre os quais reconheceu Jesse. E, com um dos seus bem conhecidos gritos de guerra para animar os amigos, disparou loucamente pelo desfiladeiro.

O relato dos acontecimentos feito por Bowdre revela que Evans e seus homens o atacaram a uns três quilômetros das montanhas. Como estava inferiorizado, ele correu para os contrafortes e posicionou-se ali entre as rochas e as moitas. Vários tiros foram disparados durante a perseguição. Evans contornou a montanha para colocar-se fora do alcance dos revólveres de Bowdre e as lutas começaram. Bowdre ficou separado de seus homens. Viu Brown quando este chegou para auxiliar, procurando emboscar-se a leste da montanha. Evans também viu Brown e despejou uma chuva de chumbo sobre ele – a saraivada de balas que chegou aos ouvidos de the Kid e o levou ao lugar. Pensando em juntar-se a Brown, que não o reconhecera, Bowdre saiu do esconderijo correndo, mas caiu nas mãos de Jesse e de quatro de seus homens. Nada podia fazer contra a superioridade numérica e sua única esperança era manter Evans a distância até que chegasse algum auxílio. Como ele rezou para que the Kid aparecesse, enquanto lançava olhares ansiosos ao redor! Não se disparou nenhum tiro. Evans e o grupo lhe apontaram os revólveres, e os risonhos olhos azuis de Jesse dançaram com alegria de menino, se bem que um diabinho se movia furtivamente pelos cantos, enquanto zombava de seu prisioneiro.

– Onde está seu amigo, Charley? Esperava encontrá-lo hoje de manhã. Estou com fome e pensava em esfolar e assar the Kid para o café da manhã. Nós todos queremos escutar seu balido.

Bowdre reprimiu a resposta que subiu a seus lábios. Desmontaram-no e tiraram seu fuzil da bainha, onde ele o tinha recolocado ao ser surpreendido, mas seus captores não fizeram menção de deixá-lo sem revólver. Bowdre ficou de pé com a mão pousada na anca do cavalo. Três dos homens de Evans estavam desmontados e dois de seus cavalos mantinham-se lado a lado, as rédeas de um jogadas sobre a maçaneta da sela do outro. Foi nesse momento que o famoso grito de the Kid soou como o grito de uma pantera. O grupo de Evans ficou como que paralisado, e Bowdre observou:

– Aí vem o seu café da manhã, Jesse.

Todos olharam maravilhados para a aparição de um cavalo cinzento, encilhado e com freios, em disparada pelo vale, sem parecer carregar cavaleiro, não fosse por uma perna atravessada na sela e uma cabeça e um braço que se projetavam de baixo do pescoço do cavalo. Mas, na extremidade desse braço, o cano de uma pistola brilhava à luz do sol. Mais rápido do que se pode relatar, a sensação foi a de que mal houve tempo para respirar antes que

Fast as shaft can fly,
– his nostrils spread, *

o cinzento irrompesse entre os perplexos espectadores. Ouviu-se a voz de the Kid:

– Monta, Charley, monta.

Ele se endireitou na sela e puxou as rédeas, mas antes que pudesse refrear a velocidade arrojada, o poderoso cinzento já tinha batido no peito dos dois cavalos que estavam atados um ao outro, atirando-os longe com força, e um homem montado perdeu o equilíbrio e caiu embaixo de seu cavalo. Com triunfo nos olhos, Bowdre apoderara-se furtivamente de sua arma e montara, alinhando-se ao lado de the Kid.

– This Friend,
O'er gasping heroes, rolling steeds,
And snatched me from my fate. **

Este encontro foi uma cena que não será tão cedo esquecida por aqueles que a presenciaram. Estes dois jovens criminosos ainda imberbes, nenhum com 21 anos completos, de aparência juvenil, mas experientes no crime, quase da mesma altura, tinham ganho por seus atos violentos uma reputação de audácia temerária que tornava seus nomes um terror onde quer que fossem

* "Veloz como a flecha voa, / – as narinas abertas," (N.T.)

** "– Este amigo, / sobre heróis ofegantes, corcéis em disparada, E me salvou de meu destino." (N.T.)

conhecidos. Tinham dormido juntos nas pradarias, perto das fogueiras dos acampamentos, nos *pueblos* mexicanos e nos cimos das montanhas. Tinham lutado lado a lado com os sangrentos mescaleros e chiricahuas. Tinham partilhado seu último dólar e o último naco de carne seca de veado e tinham sido companheiros em muitas outras aventuras temerárias e menos louváveis desde a primeira infância.

Ninguém imaginaria, pelos rostos sorridentes, que estes dois fossem inimigos mortais. Suas atitudes eram aparentemente descuidadas e descontraídas, enquanto permaneciam sentados sobre os cavalos impacientes, cada um com o revólver engatilhado na mão direita pousada sobre a coxa. Embora os olhos faiscassem com alegria aparente, estavam alertas. Nem por um momento um tirou os olhos do rosto do outro. Enquanto os cavalos inquietos mordiam o freio, avançavam, recuavam ou giravam, nada conseguia desviar o olhar fixo dos seus cavaleiros. Parecia que os cavalos compreendiam a situação e ansiavam pela briga.

Their very coursers seemed to know
That each was the other's mortal foe. *

E assim, por um momento, eles se fitaram. Havia um pouco de dureza no olho de the Kid, apesar de seu inevitável sorriso. Jesse, por fim, quebrou o silêncio, rindo.

– Billy, isso não são modos de se apresentar num piquenique particular. O que você quer afinal?

– Como vai, Jesse? – respondeu the Kid. – Há tempo que não nos vemos. Venha até a casa de Miguel

* "Seus próprios corcéis pareciam saber / Que um era o inimigo mortal do outro." (N.T.)

Sedillo para tomar café da manhã comigo. Tenho tido vontade de conversar com você faz bastante tempo, mas estou morto de fome.

– Eu também ando com vontade de falar com você, mas não exatamente desta forma – respondeu Jesse. – Pelo que sei você está caçando os homens que mataram aquele inglês e quero lhe dizer que nem eu, nem meus homens estávamos lá. Você sabe que, se eu estivesse envolvido, não negaria o fato nem para você, nem para qualquer outro homem.

– Sei que você não estava lá, Jesse – replicou the Kid. – Se estivesse, o baile teria sido aberto sem palavras.

– Então – perguntou Jesse – por que você vem para cima de nós dessa maneira? Céus, você mataria de susto um sujeito que não o conhecesse tão bem quanto eu.

– Oh, pergunte a seu prisioneiro aqui, Charley – disse the Kid –, ele lhe dará todas as informações. Então quer dizer que não vem tomar café da manhã comigo? Bem, vou embora. Uma palavra, Jesse, antes de partir. Um grupo de Seven Rivers anda se emboscando por aí. Doidos para pegar uma manada de cavalos que está aos meus cuidados. Os cavalos estão bem lá do outro lado das montanhas, no velho rancho de Bruer. Se você encontrar esse grupo, por favor diga a eles que podem tomar os cavalos, mas que eu estarei lá quando forem recebê-los e que insistirei para que também levem o velho cinzento e alguns outros cavalos junto bem como a mim e a uns poucos amigos escolhidos. Vamos, guarde sua pistola, Jesse, e descanse sua mão.

Com essas palavras the Kid levantou devagar da coxa a mão com a pistola e Jesse com igual lentidão ergueu a sua. Os olhos inquietos de Jesse estavam fixos em the Kid, e os deste, mais escuros, agradáveis, mas também mais duros, fixavam os de Jesse atentamente. Ao mesmo tempo as bocas das duas pistolas foram abaixadas, sem que por um só instante fossem apontadas uma na direção da outra, e então, com o movimento espontâneo de soldados treinados, foram recolocadas nos codres. Quando eles ergueram as mãos e as colocaram sobre as *maçanetas* das selas, sete peitos deram um suspiro de alívio.

– Tenho mais alguns homens espalhados por aí – observou Jesse.

– Eu também – replicou the Kid. – Agora, Jesse, você siga arroio abaixo – e apontou para o leste – que eu vou para o alto das montanhas – e apontou para o oeste. – Vou reunir meus homens num instante e suponho que você possa arrebanhar os seus. Nada de traições, Jesse. Se eu escutar um tiro, saberei de que lado vem. O velho cinzento não pergunta aonde me leva, e ele sabe correr.

Com essas palavras, the Kid virou o cavalo na direção do rio Ruidoso e, sem voltar a cabeça, afastou-se lentamente. Bowdre ficou um momento parado observando Evans, cujos olhos seguiam the Kid. Jesse virou por fim o cavalo e exclamou:

– Céus, ele tem sangue-frio.

Chamou seus homens e partiu arroio abaixo. Bowdre alcançou the Kid, e, em vinte minutos, o grupo de seis estava reunido, trotando alegremente, com apetite aguçado para o café da manhã.

Assim terminou esse encontro sem sangue. Os homens não conseguiam compreender como esses dois líderes podiam se encontrar sem derramamento de sangue. Mas talvez a memória dos velhos tempos tivesse tomado conta deles e dobrado seus espíritos ousados.

Yet, be it known, had bugles blown,
Or sign of war been seen,
(...)
The merry shout –
*Had sunk in war-cries wild and wide.**

Se um só gesto de violência tivesse sido esboçado por qualquer um dos líderes, eles teriam lutado até o fim sangrento e fatal.

And scorned, amid the reeling strife,
*To yield a step for death or life.***

* "Porém, que se torne público, se os clarins tivessem soado, / ou algum sinal de guerra surgisse, / O grito alegre – / Seria tragado por selvagens e longos gritos de guerra." (N.T.)

** "E não se dignaram, no meio da luta cambaleante, / a dar um passo para a morte ou para a vida." (N.T.)

Capítulo XII

Recrutando para uma ação sangrenta – A luta violenta em Lincoln – The Kid numa armadilha – O incêndio da residência de McSween – Holocausto terrível – Coragem até o fim – Morte de McSween – The Kid sai do edifício em chamas lutando com vinte atacantes – Escapada

Durante todo esse tempo o xerife Peppin não ficou parado, mas pouco podia fazer para restabelecer a paz na região conturbada. Ao selecionar seus delegados, escolhera uns comerciantes corajosos e honrados em quem pudesse confiar. Entre esses estava Marion Turner, da firma de Turner e Jones, negociantes em Roswell. Durante anos Turner estivera intermitentemente a serviço de Chisum, que tinha um alto conceito de seu trabalho e cuja confiança conquistara. Fora um partidário leal de Chisum desde o começo da luta até maio de 1878, quando abandonou a causa, por motivos que provavelmente considerou suficientes, tornando-se o inimigo mais ferrenho de seu antigo empregador. Tumer dirigia as ações do xerife no vale do rio Pecos e logo juntou um grupo armado de trinta a quarenta homens, composto principalmente de criadores de gado e vaqueiros, dos quais poucos conheciam o gosto do medo.

O quartel-general de Turner era em Roswell, onde o bando ficava acampado. No começo de julho, the Kid, com quatorze homens, visitou o rancho de Chisum, a oito quilômetros de Roswell. Com seu grupo, Turner foi até lá com a intenção de expulsá-lo de sua fortaleza. Descobriu que isso era impraticável, pois as casas tinham sido construídas tendo em vista a defesa contra os índios e um bando de quatorze homens determinados podia defendê-las contra um exército – com exceção da artilharia. Por esse motivo, Turner abandonou sua tentativa de atacar o rancho, mas sempre manteve espiões de prontidão.

Certa manhã Turner recebeu informações de que the Kid saíra de seu quartel e começara a subir o Pecos em direção a Fort Sumner. Tinha vários mandados de prisão contra ele por assassinato e jurou então prendê-lo, matá-lo ou morrer na tentativa. Com todos os seus homens partiu no encalço de the Kid. Depois de percorrer uns trinta quilômetros chegou à conclusão de que esse movimento de the Kid era um ardil e, virando para oeste, abandonou o rasto e tomou um atalho direto a Lincoln. O resultado confirmou a justeza de seu julgamento, pois the Kid e seu bando estavam lá, em segurança, atrás de barricadas na residência elegante e espaçosa de McSween, preparados para resistir a um sítio e defender a sua posição até o fim. O xerife Peppin com uns poucos recrutas reuniu-se a Turner na "Casa Grande", como era chamada a casa de Murphy e Dolan, que ficava perto da moradia de McSween. Turner, entretanto, foi o principal mentor do empreendimento. Durante três dias tiros intermitentes foram disparados de ambos os lados, mas não causaram nenhum dano.

Na manhã de 19 de julho de 1878, Turner manifestou a intenção de ir até a casa de McSween para exigir a entrega de the Kid e dos outros contra quem tinha mandados de prisão. Esse propósito foi considerado imprudente e todos predisseram que ele seria morto a tiros antes de chegar a uma distância de onde pudesse falar. Nem um pouco desencorajado, persistiu no seu intento e pediu voluntários para acompanhá-lo. Seu sócio, John A. Jones – e nunca houve homem mais corajoso no Novo México –, disse logo que o ajudaria, e seu exemplo foi seguido por mais oito ou dez homens.

Ao avançar, o grupo observava as portinholas cortadas nos lados da construção e, para sua surpresa, conseguiu chegar até as paredes, onde todos se abrigaram entre aquelas aberturas, sem serem saudados, nem receberem qualquer sinal de que os inimigos, lá dentro, suspeitassem de suas presenças. A explicação para esse silêncio estava no fato de que, naquele momento, os sitiados realizavam um conselho de guerra num quarto dos fundos, onde toda a guarnição estava reunida. Como the Kid jurou que nunca seria capturado vivo, e como o seu espírito dominante prevaleceu sobre os mais tímidos, a decisão final do conselho foi a de rechaçar os atacantes ou morrerem todos nos seus postos. McSween parecia apático, sem expressar opinião nem vontade. Quando retornaram a seus postos, ficaram espantados ao ver o pátio da frente ocupado pelos inimigos. The Kid saudou os intrusos e Turner prontamente o notificou de que tinha mandados de prisão para Wm. H. Bonney e outros de seus companheiros, entre os quais Alex A. McSween.

The Kid respondeu:

– Nós temos mandados de prisão para você e toda a sua gangue, e vamos enviá-los, bem quentes, das bocas de nossas armas.

Em suma, the Kid e todos os seus aliados recusaram-se a entrar num acordo e Turner retirou-se em segurança. Seus assistentes, entretanto, não fizeram o mesmo. Uma vez ganha a posição, não quiseram saber de abandoná-la. E então a luta começou de verdade.

Nessa conjuntura, o tenente-coronel Dudley, da Nona Cavalaria, chegou de Fort Stanton, a quinze quilômetros de distância, com uma companhia de infantaria e outra de artilharia. Instalando seu canhão num declive da estrada entre os grupos em luta, proclamou que dispararia no primeiro que atirasse sobre as cabeças a seu comando. Entretanto, a luta continuou e as armas pesadas permaneceram silenciosas.

Turner estava confiante e disse que faria the Kid sair de lá, nem que tivesse de queimar a casa que o protegia. The Kid, por sua vez, era só otimismo – disse que podia manter os sitiantes a distância e estava tão alegre como se estivesse num casamento. Ambos sabiam que a luta seria sangrenta e nenhum dos dois esperava uma vitória fácil.

Now closed is the gin, and the prey within,
By the rood of Lanercost!
But he that would win the war-wolf's skin,
*May rue him of his boast.**

Os homens de Turner tomaram todas as construções vizinhas e tiros esparsos partiam delas e da mansão de McSween. Portas, janelas e outros madeiramentos eram estilhaçados por balas que voavam, e terra escorria das paredes de adobe. A fuzilaria dos sitiantes tinha o objetivo de cobrir as operações de seus aliados no pátio, onde se esforçavam para pôr fogo na casa – colocando gravetos embaixo das soleiras das portas e janelas e onde houvesse madeira exposta. Parte do grupo de the Kid alcançara o telhado e por detrás dos

* "Agora fecha-se a rede, com a presa no meio, / Pela cruz de Lanercost! / Mas aquele que cobiçava ganhar a pele do lobo de guerra, / Pode arrepender-se de sua bravata." (N.T.)

parapeitos fustigava o inimigo. Turner enviou uns doze homens para as montanhas perto da cidade e suas armas pesadas e de longo alcance logo desalojaram o bando do telhado. Um magnífico piano num dos quartos de frente foi atingido várias vezes por esses atiradores das montanhas e, a cada golpe, o instrumento produzia sons dissonantes. Essa circunstância levou um certo Lamy, N. M., correspondente do N. Y. Sun, a fazer o seguinte comentário:

"Durante a luta a sra. McSween encorajava a selvagem guarnição tocando melodias inspiradoras no piano e cantando estimulantes canções de batalha, até que os sitiantes, calculando a posição do piano pelo som, despedaçaram-no com seus pesados rifles."

A verdade é que a sra. McSween e três senhoras amigas saíram da casa antes que a luta começasse. É também verdade que pediu permissão para retornar por algum motivo, os tiros cessaram, ela entrou corajosamente na casa, voltou a sair logo depois e os tiros recomeçaram.

Perto do meio-dia as chamas saíam pelas portas da frente e pelas janelas, e a construção estava condenada. Todos os esforços dos ocupantes para extinguir o fogo foram infrutíferos e os atacantes gritavam de alegria. Logo os defensores abandonaram toda a frente da casa e Jack Long, conseguindo um pouco de querosene, menos de três litros, entrou numa sala que ainda não estava em chamas, encharcou cuidadosamente a mobília, pôs fogo e saiu correndo. Essa "pequena pincelada" de querosene inspirou de novo o correspondente Lamy: "No terceiro dia das escaramuças, Turner mandou seus homens incendiarem a casa, atirando baldes cheios de querosene, já em chamas, dentro das salas e nas paredes". Será que "baldes em chamas, cheios de querosene", não seriam desagradáveis de manusear? Uma construção de adobe queima muito lentamente e a casa era grande, com onze quartos. Entretanto, as chamas empurravam devagar e com firmeza os ocupantes para os fundos da casa. De tempos em tempos os sitiantes gritavam para que se rendessem. A única resposta eram pragas e desafios.

E então, ao anoitecer, os defensores da casa viram-se confinados em um único quarto ainda sustentável, uma cozinha nos fundos, e ela só lhes daria abrigo por pouco tempo. Discutiu-se a questão da rendição e the Kid a vetou com desprezo. Sangrando, meio despido, sujo de fumaça e poeira, seu espírito temerário não se deixava domar. Lançou-se ferozmente na passagem da porta, o único lugar por onde se podia escapar, e jurou que arrebentaria os miolos e arrastaria de volta para a casa em chamas o primeiro que fizesse menção de passar por aquela porta.

– Esperem – disse ele – até que o fogo chegue até nós, então todos, como um só homem, saímos correndo por esta porta, entramos nas moitas do rio Bonito e de lá vamos para as montanhas. Teremos uma boa chance com eles na base dos morros.

Esse *ipse dixit* decidiu a questão. O rio Bonito não ficava a mais de cinquenta metros dos fundos da casa.

Foi então que um atemorizado mexicano, não levando em conta a ameaça de the Kid, precipitou o final sangrento. Gritou para que parassem de atirar, que eles se renderiam. Um golpe de revólver de the Kid e o insolente caiu ferido e sem sentidos no chão. The Kid não teve tempo de executar toda a sua ameaça. Assim que a voz do mexicano se ouviu do lado de fora, os tiros cessaram. Robert W. Beckwith, um criador de gado de Seven Rivers, passou pelo canto do edifício principal bem à vista da entrada da cozinha, acompanhado de John Jones. Mal Beckwith apareceu, um tiro da casa lhe infligiu um ferimento na mão. Viu the Kid e McSween na porta e, gritando "McSween! McSween!", abriu fogo sobre os dois. The Kid só deu um tiro e Beckwith caiu morto, a bala entrando perto do olho. The Kid gritou "Vamos!" e, saltando por cima do corpo prostrado de Beckwith, pistola na mão, abriu caminho entre muitos inimigos. Lutou, passo a passo, até que, chegando à margem do rio, enveredou por ele e desapareceu no meio das ervas daninhas e das moitas. Foi seguido por todos os homens de seu bando que tinham vida e forças para fugir, e vários deles deixaram um rasto sangrento atrás de si. Menos afortunado que the Kid, McSween caiu morto no pátio, recusando-se a se entregar ou a fugir. Foi perfurado por nove balas.

Tom O. Foliard, o novato do bando, foi o último a deixar o pátio e mostrou sua coragem ao se deter para pegar um amigo, Morris. Ao ver que ele estava morto, deixou-o cair e, sob uma chuva de chumbo, conseguiu escapar ileso.

Eram então dez horas da noite. A luta por ora estava terminada, na casa só havia cinzas, sete corpos mutilados jaziam ao redor e vários homens de ambos os lados cuidavam de feridas graves.

O grupo de Turner só perdeu um homem, além de Beckwith. No grupo de the Kid, McSween, Harvey Morris e três mexicanos estavam mortos. O grupo de Turner contava com cerca de quarenta homens, o de the Kid com dezenove, sem contar McSween.

Capítulo XIII

Mais sangue – Mata Bernstein – Ameaças contra Chisum – Roubo de cavalos – O grande blefador enganado – Viagem ao Pan Handle do Texas – Na cadeia em Lincoln – Fuga – The Kid e Jesse Evans novamente

Depois dos acontecimentos desastrosos detalhados no último capítulo, the Kid reuniu os membros do seu bando que ainda estavam em boas condições físicas e partiu para as montanhas ao sul de Lincoln. De lá faziam frequentes incursões, roubando cavalos e mulos dos arredores de Dowlin's Mill, da agência indígena de Tularosa e de Pecos Valley, quebrando a monotonia ao pegar de vez em quando alguns pôneis dos mescaleros. Tornaram-se ousados nas suas ações, aproximando-se da agência sem medo.

No dia 5 de agosto de 1878, apareceram bem à vista da agência e estavam impassivelmente roubando alguns cavalos, quando o guarda-livros, chamado Bernstein, montou um cavalo e disse que ia detê-los. Pessoas que conheciam the Kid e a gangue avisaram-no do perigo, mas ele, sem lhes dar atenção, dirigiu-se audaciosamente até lá e mandou que desistissem de seu intento. A única resposta veio da Winchester de the Kid e o pobre Bernstein pagou com a vida por sua temeridade. Esse cavalheiro era um judeu bem conhecido no território. Antes de seu trabalho na agência fora empregado de Spiegelberg Bro.'s e de Murphy & Dolan, e era um excelente negociante e um perfeito cavalheiro.

O xerife Peppin, com seu grupo, se afastara do serviço ativo depois do sangrento 19 de julho e a lei era letra morta no condado. Logo depois do assassinato de Bernstein, the Kid, acompanhado de Foliard, Fred Wayt, Middleton e Brown, foi para Fort Sumner, condado de San Miguel, a 130 quilômetros ao norte de Roswell, no rio Pecos. Ali estabeleceram um ponto de encontro a que se manteriam fiéis até o último capítulo desta história. Bowdre e Skurlock eram casados. Suas esposas mexicanas lhes eram dedicadas e seguiam seus destinos lealmente. Esses dois, Bowdre e Skurlock, ficaram no condado de Lincoln por um tempo, mas, na ausência de seu chefe, evitavam aparecer em público. Nesse meio tempo, the Kid e os amigos entregavam-se aplicadamente aos prazeres. Faziam religiosamente o seu culto nos santuários de Baco e Vênus, mas isso durou apenas pouco tempo. Tinha chegado a Sumner no dia 18 de agosto. Perto de 1º de setembro, esse grupo de cinco homens partiu para Lincoln, com o propósito de ajudar Bowdre e Skurlock a levarem suas famílias para Sumner. Isso foi realizado sem nenhuma aventura de importância.

No dia 10 de setembro, the Kid, com três de seus homens, saiu mais uma vez de Sumner para o condado de Lincoln – desta vez com intenções de saque. Chas. Fritz, Esq., que vivia em seu rancho, treze quilômetros a leste de Lincoln, no rio Bonito, foi um fiel amigo de Murphy & Dolan durante todas as dificuldades e sua residência hospitaleira estava sempre aberta aos amigos. Por essa razão the Kid e seu grupo não tinham boa vontade com ele. Atacaram esse rancho e escaparam impunemente com dezoito ou vinte cavalos, muitos dos quais valiosos.

Retornaram com o saque a Sumner e esconderam os animais por perto.

Havia em Fort Sumner nessa época um caçador de búfalos que acabara de voltar das planícies, chamado John Long, ou John Mont, ou John Longmont. Tinha 1,80m de altura, era excelente atirador e cobiçava a reputação de "homem mau". Era um valentão turbulento.

Um ou dois dias depois de the Kid retornar de seu ataque a Fritz, Long, completamente bêbado, atirava a esmo para todos os lados da rua de Sumner e os aterrorizados cidadãos tinham, em sua grande maioria, desaparecido dentro das casas. The Kid saiu de uma loja e, para evitar as balas, pulou atrás da armação que protegia uma árvore. Aí estava uma oportunidade para Long, que não conhecia the Kid, demonstrar sua magnanimidade.

– Saia, amigo – disse ele. – Não tenha medo, não vou ferir você.

– É claro que não vai, com todos os diabos! – replicou the Kid.– Não há perigo de você ferir ninguém, a não ser que seja por acidente. Dizem que você sempre mata seus homens por acidente.

Esta resposta atingiu Long em cheio, pois pouco tempo atrás ele tinha matado um homem em Fort Griffin, Texas, e escapara de uma turba enfurecida alegando que fora um acidente. Olhou the Kid maldosamente e perguntou:

– De onde você é, amigo?

– Sou de qualquer lugar desta terra que não seja este aqui – respondeu the Kid, e Long afastou-se taciturno.

No dia seguinte, Long e vários companheiros entregavam-se a uma grande bebedeira num pequeno *tendejon* mantido por um judeu. Long era, como sempre, o maior, o mais barulhento e o mais bêbado do grupo. The Kid entrou em companhia do jovem Charley Paine e os dois passaram para os fundos da loja. Long os saudou.

– Onde é que você vai, seu maldito baixinho filho da puta?

The Kid virou-se rapidamente e caminhou até ele, com algo brilhando nos olhos que os sábios costumam "por sua sabedoria, temer", e disse:

– A quem dirigiu essa afirmação, senhor?

– Oh! – respondeu Long, com um sorriso doentio – estava apenas brincando com esse outro sujeito.

– Tome cuidado – replicou the Kid – como você brinca com sujeitos que por acaso estão na minha companhia. Pode observar que sou o "mais baixo" dos dois. Sou estúpido demais para compreender ou gostar do seu jeito de brincar e, se alguma vez fizer outra brincadeira que chegue tão perto de mim como esta última, vou quebrar a sua cara. Entendido?

Long não respondeu. Estava totalmente intimidado. The Kid fitou-o friamente um minuto e afastou-se despreocupado. O brigão não o incomodou mais. Um mexicano chamado Trujillo o matou pouco depois num rancho nas planícies.

The Kid ficou poucos dias em Sumner e, depois, com Foliard, Bowdre, Wayt, Brown e Middleton, pegou os cavalos roubados de Fritz e começou a subir o rio Pecos com a intenção de juntá-los a seu rebanho antes de soltá-los no campo. Eles atacaram o rancho de Grzelachowski, em Alamo Gordo, e outros ranchos em Juan de Dios e nos arredores de Puerto de Luna, sessenta e cinco quilômetros ao norte de Fort Sumner, e aumentaram o número de animais para trinta e cinco ou quarenta cabeças.

Bem "abastecidos", tomaram o rumo leste na direção do Pan Handle do Texas. No rancho de Teackey, Bowdre vendeu aos companheiros sua parte nos animais roubados e juntou-se a Skurlock em Sumner, onde Peter Maxwell o empregou para arrebanhar gado. Com os outros quatro, the Kid continuou até Atascosa, sobre o Canadian, saindo de Fort Rascom, à sua esquerda, e passando pela praça de Trujillo.

Depois que os marginais se foram, os cidadãos perto de Puerta de Luna se rebelaram e um certo Fred Rothe, que então morava em Las Colonias e agora vive em Anton Chico, reuniu um grupo de oito ou dez mexicanos e cavalgou até Fort Sumner para recrutar mais homens. Não conseguindo aumentar seu bando, seguiu o rasto dos animais roubados até Hubbell Springs, a quarenta quilômetros, deu uma boa olhada nos ladrões e no saque, mas, como não falava com the Kid e era modesto demais para abordá-lo, retornou ao rio sem disparar nenhum tiro.

The Kid e seu bando venderam rapidamente o saque ilícito e quase com a mesma rapidez gastaram o dinheiro apurado em mesas de monte e *saloons*. Havia poucas oportunidades de lucro perto de Canadian e o grupo discutiu as ações futuras. Middleton, Wayt e Brown estavam cansados da vida de perigo e privação que tinham levado nos meses passados e anunciaram sua intenção irrevogável de virar as costas ao Novo México e as suas cenas sangrentas para sempre. Insistiram para que the Kid e Foliard os acompanhassem e predisseram um fim trágico, caso retornassem. Todos os argumentos foram em vão. Nenhum grupo conseguiu persuadir o outro a abandonar seus propósitos e separaram-se para sempre. Nem Middleton, nem Brown, nem Wayt foram mais vistos no Novo México deste então.

The Kid e Foliard voltaram a Fort Sumner e juntaram-se a Bowdre e Skurlock. Bowdre continuou a serviço de Maxwell, mas sempre se interessava por todo o tráfico ilegal de seu amigo. The Kid precisava de um objetivo em que concentrar suas energias. Enquanto vivera, Tunstall tinha sido não apenas seu amigo, mas também seu banqueiro. Estava morto e plenamente vingado. Depois McSween substituíra Tunstall na amizade e nos negócios. McSween também morrera. Do trio só restava John S. Chisum, para quem the Kid trabalhara, lutara e matara. Mas Chisum deixou de corresponder a seus pedidos de ajuda ou remuneração, como the Kid preferia dizer – e ele passou a ter um ódio mortal por Chisum. Tentava persuadir-se de que este sentimento tinha sua razão de ser por Chisum recusar-se a apoiar sua carreira ilegal, mas, na verdade, o ódio não passava de uma desculpa para saquear os vastos rebanhos de gado e cavalos que Chisum possuía. Assim, depois de seu retorno do Canadian, empregou todas as energias em "especulações" com gado, Chisum entrando, à força, com o capital.

Em dezembro de 1878, the Kid e Foliard visitaram Lincoln novamente. George Kimbreel fora eleito xerife em novembro e tinha mandados de prisão para os dois. Foram presos e encerrados na velha cadeia, de onde fugiram facilmente, retomando a Fort Sumner. Lá continuaram seus roubos de gado, na boa vida. E com suas maneiras agradáveis e sua generosidade de mão aberta the Kid tornou-se quase universalmente popular.

Com uma autoridade exercida adequadamente, Lincoln teria sido uma localidade perigosa para the Kid, mas ele adejava por lá como uma mariposa ao redor da chama. Para seu espírito ousado era divertido passar pela cidade a cavalo e saudar os cidadãos e os policiais com um alegre *buenos dias.*

No mês de fevereiro de 1879, the Kid encontrou-se mais uma vez com Jesse Evans na cidade de Lincoln. James J. Dolan estava prestes a entregar um rebanho de gado aos agentes de Thomas B. Catron. Dolan chegara com o gado até um ponto perto de Lincoln e foi até a cidade com dois de seus empregados, Jesse Evans e Wm. Campbell. Naquela noite os três, em companhia de Edgar A. Waltz, agente e cunhado de Catron, e de J.B. Mathews, encontraram-se com the Kid e Foliard na rua. Foi um encontro marcado que, depois de algumas palavras ásperas, terminou em reconciliação, com todos prometendo fazer as pazes e cessar a briga, agora sem motivo. No começo da conversa, Jesse disse a the Kid:

– Billy, deveria matar você por assassinar Bob Beckwith.

The Kid respondeu:

– Você não saca sua arma com bastante rapidez para me enfrentar, Jesse. Tenho centenas de razões para matar você.

Dolan e Mathews interferiram como pacificadores e a ameaça de briga foi abafada.

Assim reconciliados, os grupos foram a um *saloon* e afogaram as velhas animosidades em uísque. Tarde da noite um advogado chamado Chapman chegou à cidade vindo de Las Vegas. A sra. McSween o contratara para tratar dos bens de seu falecido marido. Acusavam Chapman de se aplicar ativamente a atiçar as brasas de um conflito morto, e ele fizera inimigos. Quando passou por the Kid e seu grupo, que acabavam de sair do *saloon*, Campbell, que estava cheio de mau uísque e com vontade de brigar, o abordou, dizendo-lhe que gostaria de vê-lo dançar. Chapman respondeu indignado. Mal tinham trocado algumas palavras, Campbell o matou a tiros. The Kid e Jesse foram assim testemunhas de um assassinato em que não tomaram parte. Para maior desgraça, ainda, dois inocentes acabaram presos junto com o culpado pelo crime. Dolan e Mathews foram indiciados, julgados e vitoriosamente absolvidos. Campbell foi preso e encarcerado na prisão militar em Fort Stanton. Depois fugiu e abandonou a região. The Kid e Jesse separaram-se naquela noite para nunca mais se encontrarem.

Capítulo XIV

Preso de novo – Inscrição na parede – Outra fuga – Desafiando o xerife – Mata um criminoso do Texas – The Kid como financista – Roubos casuais de cavalos e gado

Saindo de Lincoln após a entrevista com Evans, the Kid retomou a Fort Sumner e, conseguindo alguns elementos novos para seu serviço, inaugurou um sistema de roubos que frustrava qualquer resistência. O único modo de um criador de gado se assegurar contra perdas era entrar em acordo com the Kid e cortejar sua amizade. Ele considerava sagrada a propriedade daqueles que tinha por amigos.

The Kid sentia uma atração pelo perigo que sua presença em Lincoln significava. Em março de 1879, viajou novamente com Foliard para aquela cidade. Nesta visita deram uma demonstração de que agiriam de acordo com a lei e, ao chegarem, puseram de lado fuzis e revólveres. Foram mais uma vez presos com os velhos mandados de prisão e ficaram sob vigilância e algemados na casa de Don Juan Patron. Mas, fora isso, o confinamento não foi ruim. O xerife T.B. Longworth foi encarregado da guarda e the Kid lhe deu a palavra de honra que não tentaria fugir. Longworth o conhecia bem e confiou na sua palavra. Eles não traíram essa confiança enquanto não foram postos de novo na cadeia. Tinham uma vida alegre na casa de Patron. Comida e bebida à vontade, os melhores charutos e um jogo de pôquer com qualquer um, amigo ou estranho, que por acaso os visitasse. The Kid estava animado e aparentemente satisfeito. Sua mão era pequena e o pulso grande. Quando entrava um amigo, aproximava-se, tirava a mão dos ferros, estendia-a para um aperto de mão e observava:

– Não gostaria de desonrá-lo, senhor.

Ou então:

– Não vou lhe dar uma chance de roubar minhas joias, amigo.

No dia 21 de março de 1879, Longworth recebeu ordens para colocar os dois prisioneiros na cadeia – um buraco terrivelmente pavoroso, impróprio para um canil. The Kid disse:

– Tom, jurei que nunca mais entraria vivo nesse buraco.

– Não vejo – respondeu Tom – como é que você ou eu poderemos evitar isso. Não quero colocar você lá, não desejo colocar ninguém lá. Mas são ordens e não posso deixar de cumpri-las. Você não vai querer criar problemas para mim, vai?

The Kid caminhou sombriamente para a porta da cadeia e, parando, disse a Longworth:

– Tom, vou entrar porque não quero problemas com você, mas faria todo o escarcéu de que sou capaz se o filho da puta que deu essa ordem estivesse nas suas botas.

Passou para o corredor e indicaram-lhe a cela. A porta de pinho sem pintura estava aberta, ele tirou um lápis do bolso e escreveu sobre ela:

"William Bonney foi encarcerado pela primeira vez em 22 de dezembro de 1878. Pela segunda vez, em 21 de março de 1879. E espero que nunca mais seja.

W.H. Bonney"

Essa inscrição ainda permanece lá e foi copiada pelo autor em agosto de 1881.

O xerife provavelmente sabia que a permanência dos prisioneiros na cadeia seria curta e ele estava cansado de alimentá-los. De qualquer modo, fugiram quando acharam que era hora e the Kid rondou pela cidade durante duas ou três semanas, passando frequentemente pela rua em plena luz do dia, com uma Winchester na mão, amaldiçoando o xerife a seu bel-prazer.

Em abril retornaram a Fort Sumner e recomeçaram os ataques ao gado solto. Entregaram-se a essa atividade com fervor durante todo o verão e o outono. Em outubro de 1879, com Foliard, Bowdre, Skurlock e dois mexicanos, the Kid recolheu e afastou de Bosque Grande, quarenta quilômetros ao norte de Roswell, cento e dezoito cabeças de gado, propriedade de Chisum. Levaram os animais até o rancho de Yerby, na ausência deste, marcaram-nos a ferro e os soltaram no pasto. Esse rancho fica ao norte de Sumner. Alegavam que Chisum devia seiscentos dólares a cada um por serviços prestados durante a guerra. Mais tarde levaram o gado ao rancho de Grzelachowski, em Alamo Gordo, e o venderam a compradores de carne bovina do Colorado, dizendo que eram encarregados de acertar os negócios de Chisum. Este foi atrás do gado, recuperou-o e trouxe os animais de volta às suas pastagens, mas the Kid ficou com o dinheiro e demonstrou uma rara habilidade financeira pelo modo como o desembolsou. De quase oitocentos dólares deu generosamente trinta a Bowdre, "porque ele tinha família"; Foliard era uma vergonha para o bando por causa de suas botas surradas – ganhou um par novo como sua quota; os mexicanos foram dispensados sem receber nada e ainda havia a parte de Skurlock para se decidir. The Kid mandou quatro ou cinco pessoas diferentes falar com Skurlock, para avisá-lo de que os policiais do condado de Lincoln pretendiam prender o bando. Essa informação assustou Skurlock de tal modo que ele pediu emprestado a Pete Maxwell vinte quilos de farinha, reuniu a família e os utensílios domésticos e saiu da região. Por isso Doc Skurlock, a partir desse momento, desaparece desta história. Dos oitocentos dólares ele recebeu vinte quilos de farinha, que ainda estão lançados como débito nos livros de Pete Maxwell, P. & L. Quando lhe perguntavam sobre o que faria com a parte de Skurlock, the Kid dizia que a doaria a um asilo de loucos, se conseguisse pegar Doc Skurlock.

Em janeiro de 1880, um sujeito chamado Joe Grant chegou a Fort Sumner e colocou-se imediatamente ao lado de the Kid e seus companheiros. Ficou-se sabendo mais tarde que Grant escutara muitas histórias de the Kid e pretendia ganhar uma reputação de "Terror Sagrado", segundo sua expressão, matando o criminoso do Novo México. Que ele já tinha matado um homem e era "um dos maus", não havia dúvida. Revelou boa parte de seu ânimo, se não o seu propósito, certo dia de verão, ao observar:

– Gosto de pegar estes brigões e jogá-los no seu próprio monte de esterco. Dizem que the Kid é um mau cidadão, mas vou enchê-lo de chumbo a qualquer conflito na estrada.

The Kid escutou o comentário, mas guardou seus pensamentos para si, bebendo e farreando com Grant todos os dias. Enquanto Grant se portava com arrogância e alardeava bravatas, the Kid conservava seu costumeiro bom humor, mas nenhum movimento do companheiro escapava a seu olho desconfiado.

James Chisum, irmão de John S., estivera com três homens em Cañon Cueva perto de Juan de Dios, ao norte de Fort Sumner, onde recuperara um gado roubado de sua pastagem, diziam que por the Kid. Retornou a Fort Sumner, chegando lá pelo meio de janeiro. Acampou a um quilômetro e meio da cidade. Seu grupo era formado pelo jovem Herbert, Jack Finan e William Hutchison, conhecido na pastagem como "Buffalo Bill". The Kid, Barney Mason e Charley Thomas foram até o acampamento de Chisum e pediram para procurar entre o gado animais com a marca XIX. Assim fizeram, mas não encontraram nenhum.

The Kid então insistiu alegremente para que Chisum e seus homens o acompanhassem até o *saloon* de Bob Hargrove para tomar alguma coisa. Lá encontraram Joe Grant, completamente bêbado. Quando o grupo entrou, ele arrancou uma bela pistola de cabo de marfim do coldre de Finan, substituindo-a pela sua. The Kid o observava e, comentando "Que beleza, Joe", tomou a pistola de sua mão e girou o tambor. Tinha a intenção de tirar algumas balas, mas só encontrou três e, rodando destramente o tambor até uma culatra vazia que frustrasse o próximo tiro, devolveu-a a Grant, que a brandiu para todos os lados e finalmente disse a the Kid:

– Companheiro, o tempo que levo para matar um homem é menor do que o que você leva para beber um uísque.

– Por que você quer matar alguém? – replicou the Kid. – Guarde sua pistola e vamos beber.

Durante essa conversa Grant fora para trás do balcão, de onde começou a quebrar garrafas e copos com a pistola. Assim, com o balcão entre ele e os outros e de revólver na mão, era como se pudesse atingir, na sala, qualquer pessoa que lhe desse na veneta matar. The Kid observou:

– Deixe-me ajudá-lo a quebrar a louça, companheiro.

E, sacando a pistola, também se pôs a quebrar os copos de perto. Grant continuou:

– Quero matar John Chisum, de qualquer modo, o maldito velho filho da puta – e fitou James Chisum com um olhar maldoso.

– Você pegou o porco errado pela orelha, Joe – disse the Kid. – Este não é John Chisum.

– Mentira – gritou Grant. – Conheço o sujeito.

E, virando a pistola contra the Kid, que sorria sarcasticamente, puxou o gatilho, mas a culatra vazia se recusou a responder. Com um palavrão levantou novamente o cão, mas uma bala do revólver de the Kid espatifou seus miolos e ele caiu atrás do balcão. The Kid jogou fora a cápsula do cartucho de sua pistola e disse:

– Tolo infeliz. Já vivi demais para deixar que um sujeito de seu calibre venha me ditar regras. Gostaria de saber se por acaso ele não é um exemplar dos criminosos do Texas.

Alguém observou que Joe talvez não estivesse morto e que era melhor tomar cuidado com ele.

– Não há perigo – replicou the Kid. – É um cadáver, com toda certeza, pronto para o agente funerário.

Deu alguns passos despreocupados, ordenou que um mexicano se encarregasse do enterro e depois, chamando "Buffalo Bill", disse:

– Bill, fique perto de seu cavalo e cuide de sua arma. É melhor sair daqui com os seus homens o mais rápido possível. Há uns ladrõezinhos na cidade que podem ter a ideia de lhe dar trabalho. Não gosto de nenhum membro da família Chisum, nem de muitos de seus amigos, mas estes homens estão aqui a convite meu e não quero que sejam prejudicados.

O grupo de Chisum partiu com um revólver a menos, roubado da carroça durante o tempo em que se afastaram para ir ao *saloon*.

Pouco depois do assassinato de Grant, the Kid fez uma viagem para o sul, permanecendo durante algumas semanas nos arredores de Roswell. Verando, a cinco quilômetros dessa localidade, tornou-se seu quartel. Ele estava "rico" e gastou dinheiro à vontade. O rancho de Chisum ficava a apenas onze quilômetros de Verando e os que conheciam the Kid suspeitavam que ele pretendia atacar Chisum de surpresa, forçando-o a uma luta. Vivia embriagado de uísque e, certa ocasião, em Verando, estava sentado na frente do *saloon* olhando um bando de emberizas das neves que saltava ao redor. Sacou o revólver e observou:

– Suponham, rapazes, que o velho John Chisum fosse um belo passarinho, o que ele não é, e suponham que aquele passarinho bonito pousado sobre aquela palha fosse ele. Agora, se eu atirasse nesse passarinho e o atingisse em qualquer lugar que não a cabeça, isso seria assassinato. – E com essas palavras atirou. Um espectador pegou o pássaro morto, cuja cabeça tinha sido decepada pelo tiro. – Não o assassinei! – gritou the Kid. – Vamos dar outra chance ao velho John. – E a cabeça de outro pássaro desapareceu. Matou vários dessa maneira até que por fim atingiu uma ave no peito. – Matei o velho John finalmente – disse. – Vamos beber alguma coisa.

Capítulo XV

Vários roubos de gado – Depredações em White Oaks e arredores – Luta com o bando armado do xerife – Risco ousado em White Oaks – Atrás de barricadas, cercado – Assassinato de Carlyle – Outra fuga

Nenhum acontecimento de importância ocorreu na visita de the Kid ao sul, e, ao retornar a Fort Sumner, ele recrutou Billy Wilson, Mose Dedrick, Pas Chavez, Iginio Salazar e Senor More para um empreendimento que tinha por objetivo a aquisição de pôneis indígenas. Foram à reserva dos índios apaches mescaleros e roubaram quarenta e oito animais. The Kid parecia ter ficado avarento, pois afirma-se que se apropriou de trinta cabeças desse lote para seu uso e benefício. Os animais foram negociados em toda a extensão do rio Pecos.

A expedição acima mencionada partiu de Bosque Grande em fevereiro de 1880. Em maio, the Kid, Bowdre, Pruett e um outro cúmplice de nome desconhecido saíram de Fort Sumner tomando a direção do leste. Perto de Los Portales, roubaram quarenta e quatro cabeças de gado bovino, propriedade de criadores que tinham ranchos sobre o Canadian no Pan Handle do Texas. O rebanho foi tocado até White Oaks e vendido a Thomas Cooper por dez dólares a cabeça. O grupo retornou a Fort Sumner em junho com um bando de cavalos roubados nos arredores de White Oaks.

Em julho roubaram uma manada de gado de John Newcomb em Água Azul, a cerca de vinte e quatro quilômetros de Lincoln, na base da Sierra de La Capitana, marcaram os animais e os soltaram no campo.

Durante o verão realizaram vários roubos com sucesso. Apropriaram-se de dez cabeças de bois de carga, propriedade de um mexicano de Fort Sumner, e as venderam junto com mais vinte para John Singer, de Las Vegas. O mexicano seguiu Singer, alcançou-o perto de Las Vegas e recuperou seu gado.

Por volta de 15 de novembro, the Kid, Foliard, Tom Pickett e Buck Edwards roubaram oito belos cavalos do rancho de A. Grzelachowski, em Alamo Gordo, e partiram com eles na direção de White Oaks. Negociaram quatro com Jim Greathouse, soltaram dois sobre Cienega Macha e conservaram dois para seu uso. Desses últimos, um foi mais tarde morto a tiros, quando the Kid o cavalgava, e o outro foi capturado em Coyote Springs. O proprietário recuperou praticamente todos os animais, com exceção do que foi morto. Na noite de 22 de novembro de 1880, desconhecidos fizeram uma tentativa de roubar alguns cavalos de J.B. Bells, que morava na parte sudoeste da cidade de White Oaks. Na manhã seguinte, os boatos eram os mais variados e os policiais receberam informação de que the Kid e seu grupo estavam acampados em Blake's Saw Mill, perto da cidade. Ao saber disso, o xerife-delegado William H. Hudgens convocou um bando armado que compreendia os seguintes cidadãos: Geo. Neil, John N. Hudgens, John Longworth, James Carlyle, Jas S. Redmond, J.P. Eaker, J.W. Bell e William Stone. Sem perda de tempo, dirigiram-se ao acampamento dos criminosos, mas o encontraram deserto. Descobriram o rasto, entretanto, e o seguiram na direção de Coyote Springs. A uns oito quilômetros de White Oaks o bando se encontrou com Mose Dedrick e W. J. Lamper, que cavalgavam em direção à cidade. Sabia-se que esses homens eram amigos de the Kid e de seu bando e também era do conhecimento de todos que haviam saído de White Oaks naquela manhã quase à mesma hora em que o grupo do xerife deixara a cidade. Hudgens suspeitava que tinham se encontrado com the Kid para lhe dar informações e provisões. Por causa dessa suspeita foram presos.

O bando seguiu até os arredores de Coyote Springs, quando, de um acampamento temporário e escondido, os fora da lei abriram fogo sobre eles, matando o cavalo que John Hudgens montava e que era propriedade de O'Neil. Os tiros foram rapidamente respondidos. O cavalo de the Kid caiu morto sob seu dono e, depois de algum tempo, os criminosos fugiram. Ao chegar ao acampamento, Hudgens encontrou uma bonita sela, que diziam pertencer a the Kid, ao lado do corpo morto do cavalo. Também acharam um casacão com que Mose Dedrick tinha sido visto em White Oaks naquela manhã, e outro que sabiam ser propriedade de Sam Dedrick, irmão de Mose. Ninguém ignorava que the Kid estava sem casacão e seu amigo Sam tinha, sem dúvida, suprido com o próprio casaco a "falta tão sentida". De qualquer modo, um dos captores usou diversas vezes a vestimenta na presença de Dedrick a partir de então, sem que ele a reclamasse. Além dos despojos acima citados, o bando do xerife encontrou uma quantidade considerável de alimentos enlatados e outras provisões, junto com um par de alforjes cheios de bons tecidos, tudo comprado, conforme se sabia, em White Oaks naquela manhã.

O xerife-delegado Hudgens retornou à cidade com seu grupo, lá chegando ao escurecer. Os homens de the Kid se separaram durante a confusão e Cook e Edwards não responderam à chamada. The Kid esperou até que o outro grupo estivesse bem longe, quando então tomou a estrada para White Oaks e os perseguidos tornaram-se os perseguidores. Não cometeram nenhuma depredação na cidade, apenas procuraram esconderijo. Foram aos estábulos e ao curral de West & Dedrick e lá ficaram, com exceção de the Kid, que se dirigiu à rua principal da cidade.

Um cavalheiro que conhecia the Kid e que não lhe era desconhecido estava parado bem perto da porta, no interior do salão de um clube, quando the Kid entrou com seu chapéu de abas largas abaixado sobre os olhos. O cavalheiro estava prestes a lhe dirigir a palavra, quando um rápido olhar de aviso e uma exclamação – *Chicto! compadre* (quieto, companheiro) – interrompeu a saudação. The Kid manteve-se em segundo plano, mas se comportou com tanta *nonchanlance* como se fosse um frequentador habitual. Se alguém o viu, ou não era um de seus inimigos, ou era alguém que temeu as consequências de dar o alarma, pois grande parte do bando de Hudgens estava no salão e eram todos homens corajosos. À primeira insinuação de sua presença, teria começado um carnaval sangrento, onde mais de um homem morreria. E, embora the Kid parecesse ter uma vida enfeitiçada, escapar teria sido quase um milagre. É quase certo que ele foi ao salão do clube com desejo de assassinato no coração e o instrumento necessário para tal junto a sua pessoa, mas, contra quem se dirigia a sua vingança, pode-se apenas conjeturar. A ausência de uma pessoa desconhecida naquele salão salvou a vida de the Kid, pois o medo do perigo nunca teria detido a sua mão, se tivesse encontrado a vítima que procurava. Mais de um coração bateu descompassadamente e mais de uma face empalideceu, quando, na manhã seguinte, todos ficaram sabendo que the Kid tinha estado entre eles.

Na noite seguinte, 23 de novembro (aniversário de the Kid), ele, com seus companheiros, entrou audaciosamente em White Oaks em torno das nove horas e, ao ver Jim Redmond parado na frente do *saloon* de Will Hudgens, atirou nele. A noite estava escura, o abrigo das construções foi providencial e ninguém ficou ferido. Saíram da cidade e, nos arredores, encontraram Jimmy Carlyle e J.N. Bell, que Hudgens deixara de guarda. Estes atiraram nos fora da lei, mas sem nenhum efeito visível.

Nos dias 24 e 25 de novembro, os prisioneiros Mose Dedrick e Lamper foram levados diante do juiz Jas. A. Tomlinson para interrogatório. Lamper foi liberado e Dedrick, obrigado a pagar uma fiança como garantia de sua presença diante do tribunal do distrito. Ele sumiu da região e a fiança foi confiscada.

O policial T. B. Longworth convocou outro bando armado na noite de 23 de novembro. Esse grupo era formado pelo policial Longworth, pelo xerife-delegado William H. Hudgens, John N. Hudgens, James Watts, John Mosby, James Brent, J. P. Langston, Ed. Bonnell, W. G. Dorsey, J. W. Bell, J. P. Eaker, Charles Kelley e Jarnes Carlyle. Saíram de White Oaks naquela noite, tomaram a estrada de Las Vegas e foram até o rancho de Greathouse & Kuck, a sessenta e cinco quilômetros de distância. Ali, segundo informações que acreditavam confiáveis, esperavam encontrar the Kid e seu bando.

Chegaram a seu destino cerca das três horas da madrugada do dia 27 e levantaram quatro barricadas em pontos de onde pudessem atirar facilmente na casa. Atrás dessas defesas esperaram o amanhecer.

O primeiro movimento visível na casa foi a aparição do cozinheiro alemão, chamado Steck, que, conduzido até o bando por Eaker e Brent, tremia de medo. Logo contou tudo o que sabia. The Kid e seu bando estavam cercados.

Will Hudgens escreveu uma nota a the Kid exigindo sua rendição e encarregou Steck de levá-la até a casa. Steck voltou, acompanhado por Greathouse, com a resposta de the Kid.

– Você só me prenderá se eu já estiver morto.

Hudgens disse a Greathouse que desejava the Kid, Dave Rudabaugh e Billy Wilson. A isto Greathouse replicou:

– Se você os quer, vá lá dentro e os prenda.

Hudgens então mandou um recado a Billy Wilson, pedindo que saísse e viesse falar com ele. Garantia que, depois da conversa, se ele se recusasse a se render, poderia voltar ileso para casa. Wilson não quis sair, mas queria falar com Jimmy Caryle, pois talvez então se rendesse e, por sua vez, empenhou a palavra, garantindo que Carlyle não seria detido nem ferido. É opinião geral que Wilson queria se render, tendo sido impedido por the Kid e Rudabaugh, pois não havia acusação de crime capital contra ele até então – o que já não se poderia dizer, no entanto, quando o sol se pôs naquele dia.

Hudgens recusou-se a permitir que Carlyle fosse até a casa, mas Greathouse disse:

– Deixe que vá, nada lhe acontecerá. Eu ficarei aqui como refém e, se ele for ferido, responderei com a minha vida pela traição.

Mesmo assim Hudgens não deu o seu consentimento, até que o próprio Carlyle anunciou sua decisão de se encontrar com Wilson; resistiu a todos os argumentos para dissuadi-lo de seu propósito, deixou as armas e entrou na, para ele, fatal fortificação.

Greathouse ficou com o grupo do policial. As horas passaram-se, enquanto os amigos ansiosos aguardavam a volta de Carlyle em vão. Descobriu-se que os fora da lei tinham na casa um bom estoque de uísque e trocaram-se conjeturas sobre o efeito que isso poderia ter no resultado do encontro.

Em torno de duas horas da tarde os que estavam do lado de fora sobressaltaram-se com um estrondo vindo da casa. Uma janela foi estilhaçada, Carlyle apareceu na abertura, pulou para fora e saiu correndo em direção às barricadas. Um estrépito agudo de armas de fogo partiu do interior da casa e Carlyle caiu morto a uns três metros da janela. Uma palavra em memória do pobre Jimmy. Era um jovem ferreiro que estava no território há pouco mais de um ano, mas nesse curto período tinha feito centenas de amigos e nenhum inimigo. Era honesto, generoso, alegre, de espírito vivo e inteligente. Seu assassinato sangrento provocou horror e indignação, e muitos que até então tinham considerado a carreira de the Kid com alguma dose de caridade agora o execravam terrivelmente como o assassino de um homem excepcionalmente bom e excelente cidadão.

O policial Longworth fora despachado para White Oaks em busca de reforços e provisões. O bando estava sem alimento e sem água há mais de vinte e quatro horas e sofrera intensamente com o frio e a exposição ao relento. Acreditando ser impossível tentar resistir até a chegada de Longworth, retomaram ao rancho de Hocradle, a vinte e quatro quilômetros de White Oaks e a quarenta do rancho de Greathouse e Kuck. Não mantiveram Greathouse preso. Acreditavam que ele assumira sua posição em boa fé e o liberaram.

The Kid e seu grupo fizeram um cuidadoso reconhecimento do terreno, convenceram-se de que os inimigos se retiraram e saíram da casa ao abrigo da noite. Estavam todos a pé e foram direto ao rancho de um aliado, a alguns quilômetros de distância. Lá tomaram café, partindo depois apressadamente na direção de Anton Chico, quarenta quilômetros ao sul de Las Vegas na margem do Bonito. John Hurley, um xerife-delegado, convocara um bando armado em Lincoln para reforçar o grupo de Longworth. Encontrou-se com os homens de Longworth no rancho de Hocradle, reuniu todas as informações que conseguiu obter e foi ao rancho de Greathouse. De lá seguiu o rasto até o rancho do aliado que servira café da manhã aos bandidos, descobriu que os pássaros tinham escapado, mas queimou o rancho, eliminando assim um ponto de encontro do grupo. Depois o bando armado retornou a Lincoln.

Jim Greathouse não ficou muito tempo no seu rancho depois que the Kid e seus amigos partiram. Mais tarde foi visto em Anton Chico, e há fortes suspeitas de que tenha suprido os fora da lei com cavalos por lá. Eles foram vistos a pé perto de Anton Chico certa noite; Greathouse estava na cidade. Na manhã seguinte apareceram montados e tomando café na estação do correio de Lane, vinte e quatro quilômetros a leste. Não perderam muito tempo, seguindo logo em direção ao sul para Las Cañaditas. O bando estava reduzido a três: the Kid, Dave Rudabaugh e Billy Wilson. Em Las Cañaditas, Tom O. Foliard, Charley Bowdre e Tom Pickett reuniram-se a eles, duplicando assim a força deles.

Capítulo XVI

Dinheiro falso – Detetive dos Estados Unidos – Homens de negócios aliados de the Kid – Na pista dos bandidos – Webb e Davis

No mês de outubro de 1880, pouco antes dos acontecimentos narrados no último capítulo, o autor desta história, investido de autoridade oficial, se viu pela primeira vez pessoal e ativamente envolvido com a tarefa de perseguir e ajudar a trazer the Kid e outros de sua espécie perante a justiça. O leitor perceberá como seria estranho falar de mim mesmo na terceira pessoa, por isso, com o risco de ser considerado narcisista, usarei a primeira pessoa nas próximas páginas desta obra.

Em outubro, Azariah F. Wild, um detetive a serviço do Departamento do Tesouro, vindo de Nova Orleans, Lousiana, visitou o Novo México para conseguir alguma informação a respeito da circulação de dinheiro falso, pois era certo que algumas notas tinham sido passadas no condado de Lincoln. O sr. Wild me convocou a Lincoln para falar com ele e ajudá-lo a resolver esses casos. Encontrei-o lá e, durante nossa entrevista, sugeri que um bom plano de ação seria empregar um homem confiável que se juntasse à gangue e desvendasse os fatos. Wild adotou o plano imediatamente, dando-me autoridade para agir como achasse melhor.

Voltei para minha casa perto de Roswell e logo mandei alguém a Fort Sumner chamar Barney Mason, que eu já conhecera e sabia ser digno de confiança. Mason me procurou sem demora e, antes que lhe dissesse a natureza do problema, falou que passara por Bosque Grande, quarenta e cinco quilômetros ao norte, no rancho de Dan Dedrick, e que Dan lhe tinha lido uma carta de W. H. West, sócio de seu irmão Sam Dedrick, no negócio de estábulos em White Oaks. O ponto principal da carta era que West tinha trinta mil dólares em notas falsificadas, e seu plano era levar esse dinheiro para o México, comprar gado com ele por lá e trazer os animais para o Novo México, cruzando a fronteira. Precisava dos serviços de um assistente confiável, cuja tarefa seria acompanhar a ele, West, até o México, para realizar falsas vendas de gado assim que este fosse sendo comprado, recebendo notas de venda por isso, de modo que, caso a operação fosse descoberta, o rebanho se encontraria em mãos de um grupo aparentemente inocente. E West sugeria Barney Mason como o homem apropriado para assumir o papel de bode expiatório nesses negócios escusos.

Mason ficou muito surpreso quando soube que era exatamente por essa razão que eu o mandara chamar. Acompanhado de Mason, retornei a Lincoln e Wild, depois de dar a Mason instruções detalhadas e verificar se ele as compreendera, empregou-o, com um salário estipulado *per diem* e despesas, para ir a White Oaks e aceitar qualquer proposta que West, Dedrick ou outros indivíduos lhe fizessem.

Mason partiu de Lincoln para White Oaks em 20 de novembro. Na noite em que chegou à região, foi ao estábulo de West e Dedrick para cuidar de seu cavalo. Que fique claro que há três irmãos na família Dedrick. Dan, que vivia em Bosque Grande nessa época, mas que é agora sócio de Sam em Socorro, é o mais velho. Sam era então sócio de West em White Oaks, e Mose, o mais moço, que andava sem rumo pela região roubando cavalos, mulos e gado, é agora um fugitivo, tendo escapado quando estava sob fiança.

Quando Mason entrou no curral de West e Dedrick, deu com the Kid, Dave Rudabaugh e Billy Wilson. Rudabaugh matara um carcereiro em Las Vegas em 1879, enquanto tentava libertar um amigo chamado Webb. Era um fugitivo e se associara a the Kid. Billy Wilson vendera algumas propriedades em White Oaks a W. H. West, recebendo em pagamento quatrocentos dólares em dinheiro falso. Gastara-o (assim dizia) e andava por aí sem rumo. Era também um fugitivo. Não havia acusação muito grave contra Wilson naquela época; mas o assassinato de Carlyle, alguns dias mais tarde, assim como foi narrado no último capítulo, o tornou passível de indiciação por cumplicidade nesse crime.

Mason era bem conhecido dos três fora da lei, com quem sempre tivera relações amistosas. Eles o cumprimentaram com o seu costumeiro modo jovial e the Kid perguntou o que o trazia ali. Mason deu a entender que a oportunidade de "apropriar-se" de um bando de cavalos por perto era a causa de sua presença. The Kid "pressentiu um traidor" e conferenciou com seus amigos e com Dedrick, querendo matar Mason ali mesmo, intenção de que Mason só tomou conhecimento mais tarde. Dedrick vetou os planos imediatamente, pois tinha certeza de que criariam dificuldades para ele e para seu negócio.

Mason sabia que J. W. Bell, meu futuro delegado, era meu amigo, por isso procurou-o e avisou-o da presença de the Kid e seu grupo no curral. Bell convocou um grupo de cidadãos e depois foi sozinho ao estábulo. Falou com West, que lhe assegurou que não estavam ali aqueles que buscava. Perguntou então por seus cavalos e West declarou que os bandidos não tinham cavalos ali. Essa declaração era falsa, pois West e Dedrick passaram os cavalos furtivamente ao bando durante a noite.

Mason ficou em White Oaks vários dias, mas, por causa de intensa agitação causada pela presença de the Kid e pelo afã de perseguição dos cidadãos, achou melhor não falar sobre o assunto de sua visita com West. Eu lhe dissera para tomar pé na situação e me procurar antes de partir para o México e, de qualquer modo, para aparecer em Roswell em poucos dias. Ele chegou à minha casa no dia 25.

Nesse meio tempo eu tinha notícias diárias de depredações de the Kid e seu bando nos arredores de White Oaks. Ouvira dizer que estavam a pé e imaginava que procurariam Dan Dedrick, em Bosque Grande, atrás de cavalos. Mandei um recado aos meus vizinhos, pedindo-lhes que viessem me encontrar em Roswell, a oito quilômetros de minha casa, depois do anoitecer. Revelei meus planos a Mason e ele se ofereceu para me acompanhar. Saímos de casa ao entardecer. Perto de Roswell vimos um homem cavalgando um cavalo e puxando outro. Ia para o sul, na direção do rancho de Chisum. Continuamos até Roswell, onde descobrimos que aquele viajante evitara o local e concluímos que estava fugindo. Sabendo que o grupo de the Kid se separara, imaginamos que poderia ser um desgarrado do bando tentando sair da região.

Mason conhecia todos os homens de the Kid, por isso o levei comigo, e perseguimos e alcançamos o fugitivo perto do rancho de Chisum. Mason reconheceu imediatamente Cook, que fugira da briga em Coyote

Springs. Depois de desarmá-lo, nós o conduzimos de volta a Roswell e o algemamos. O capitão J. C. Lea tomou conta de Cook durante três ou quatro semanas, depois mandou-o para a cadeia em Lincoln, de onde ele fugiu.

Meus vizinhos atenderam a meu chamado e, lá pelas nove horas daquela noite, comecei a subir o rio Pecos com um bando armado, formado pelos seguintes cidadãos: os srs. Lawton, Mitchell, Mason, Cook, Whetstone, Wildy, McKinney, Phillips, Hudson, Olinger, Roberts e Alberding. Ao amanhecer cercamos o rancho de Dedrick em Bosque Grande, quarenta e cinco quilômetros ao norte de Roswell. Ali encontramos dois prisioneiros que tinham fugido da cadeia de Las Vegas. Um era Webb, que fora condenado à forca pelo assassinato de um homem chamado Killeher em Las Vegas e apelara da sentença. O outro era Davis, que aguardava julgamento por roubo de mulos. Os dois tinham fugido em companhia de outros três: desses últimos, dois foram mortos ao resistir à captura e o outro tinha sido reconduzido à cadeia em Las Vegas. Não encontramos nenhuma das pessoas que procurávamos. Por isso, fazendo Webb e Davis entrarem em nossas fileiras, continuamos a subir o rio Pecos, chegando a Fort Sumner perto do amanhecer de 27 de novembro. Nessa cidade recebi uma carta do capitão Lea, contando com detalhes outras depredações de the Kid e seu bando perto de White Oaks, o assassinato de Carlyle, etc. Recebi mais informações de um condutor de carruagem e decidi deixar os dois prisioneiros, Webb e Davis, sob guarda em Sumner e perseguir os fora da lei. Falei com A. H. Smith, um cidadão de Sumner, e lhe fiz perguntas. Ele me assegurou que the Kid e seus dois companheiros ainda não tinham retornado dos arredores de White Oaks, mas que Foliard, Bowdre e Pickett estavam em Cañaditas, uns trinta e dois quilômetros a nordeste de Fort Sumner, onde Bowdre era empregado de T. G. Yerby.

Parando em Fort Sumner só o tempo necessário para tomar café da manhã, deixei quatro de meus homens encarregados dos prisioneiros e, com o restante, parti para Las Cañaditas. Olinger e eu estávamos ambos investidos da autoridade de xerifes-delegados dos Estados Unidos e tínhamos mandados de prisão dos Estados Unidos para the Kid e Bowdre pelo assassinato de Roberts numa reserva indígena.

Capítulo XVII

Caçada na pradaria – O "castelo" de the Kid – Entrevista com Bowdre – Um valentão mexicano – Policiais de San Miguel – Reforços do Canadian

A região entre Fort Sumner e Las Cañaditas me era bem conhecida e, para nos aproximarmos do rancho sem ser vistos, cruzamos a pradaria, com a intenção de tomar as montanhas ao redor como postos de observação, usando binóculos. Quando ainda estávamos a uns treze quilômetros do rancho, vimos um cavaleiro seguindo naquela direção, vindo seguramente de um outro rancho a cerca de dezenove quilômetros de Fort Sumner e rumando para Las Cañaditas. Estava muito distante de nós, mas com a ajuda de excelentes binóculos reconhecemos Tom O. Foliard. Havia uma passagem entre as montanhas que só eu no grupo conhecia, por onde poderíamos certamente interceptá-lo, se conseguíssemos passar por ela a tempo. Era uma "estrada difícil de percorrer". Estava coberta de ervas e moitas e entulhada de pedras soltas, o que tornava a passagem quase impossível. Com muita dificuldade avançamos pelo caminho e saímos na estrada usual a trezentos metros de Foliard, que não suspeitara de nossa presença. Ele reagiu à altura da situação. Assim que nos viu, fez o esplêndido animal que montava disparar sob o estímulo de chicote e esporas, e sua Winchester despejou chumbo, apesar de ele correr veloz e furiosamente. Nós o perseguimos, mas não o alcançamos, como eu imaginava; desapareceu como o vento. Disparou vinte e seis tiros, como declarou mais tarde. Eu atirei só três vezes. Comigo estavam apenas Lawton e Mitchell, pois os outros tinham ficado para trás na ravina quase inacessível. Esses dois usaram seus rifles com vigor. A fuzilaria de ambos os lados não causou dano, só o cavalo de Foliard foi ferido na coxa. Tom realizou uma esplêndida corrida e uma corajosa luta a cavalo, chegando ao rancho e dando o alarma a tempo, pois, quando lá aparecemos, os pássaros já tinham voado para as montanhas.

Não sabíamos ao certo se Foliard conseguira alcançar o rancho e, em caso positivo, imaginávamos que o grupo não sairia da casa e lutaria conosco. Por isso nos aproximamos com precaução. Comigo estavam apenas Lawton, Mason, McKinney e Roberts, pois eu tinha mandado Mitchell voltar para cobrir a retaguarda. Propus dividir os homens que tínhamos e atacar a casa. Minha opinião não foi aceita. Meus companheiros acharam melhor esperar o resto do bando. Quando finalmente caminhamos até o rancho, sem encontrar oposição, nossas precauções nos pareceram um tanto ridículas, pois só encontramos a mulher de Bowdre e outra mexicana, que saudaram a nossa chegada com "lamentos de terror". Nosso esforço não foi, entretanto, sem recompensa, pois capturamos um par de mulos que Mose Dedrick roubara de uma companhia de diligência no rio Grande e entregara a the Kid. Recuperamos também quatro cavalos roubados.

Retornamos a Fort Sumner, pernoitamos, e, revesando a guarda dos prisioneiros, partimos para a fortificação de the Kid, Los Portales, onde ele costumava guardar o rebanho roubado. Fica noventa e sete quilômetros a leste de Fort Sumner e é aquele castelo tão vividamente descrito pelos correspondentes de jornais.

Suas vias de acesso são transitáveis apenas para os iniciados, inacessíveis e inexpugnáveis aos inimigos. Foi nesse local que a fantasia cercou o jovem bandido com riquezas ainda maiores que as do luxo oriental, abençoou-o com os amores de belezas cujo encanto envergonharia a mulher mais bela do harém de um sultão e o vestiu com roupas de um esplendor grandioso. Parece cruel despir esse castelo de fadas de sua magnificência, acabar com a fantasia de um conto tecido com tanta arte. Mas os fatos nus e crus são: Los Portales não passa de uma pequena caverna numa pedreira de rocha de apenas meio metro de altura, estendendo-se para fora e obstruindo a visão de uma bela pradaria. Borbulhando perto das rochas há duas fontes de água fria e clara, capazes de matar a sede de pelo menos mil cabeças de gado. Não há casa nem curral. Todos os sinais de habitação se limitavam a um poste para atar os animais, alguns utensílios domésticos rudes e uma pilha e cobertores. "Só isso e nada mais."

The Kid tinha cerca de sessenta cabeças de gado nos arredores de Los Portales, das quais só oito não tinham sido roubadas de John Newcomb em Água Azul. Encontramos apenas duas vacas, bezerros e um bezerrinho de um ano. Soubemos mais tarde que the Kid levara seu rebanho para outra fonte, vinte e quatro quilômetros a leste. Não trazíamos provisões conosco e só descobrimos um pouco de farinha mofada e sal na caverna. Matamos o bezerrinho e nos banqueteamos com a carne durante o tempo que passamos lá. No dia seguinte demos uma volta pelo campo, não encontramos mais rebanhos e, depois de uma ausência de quatro dias, retornamos a Fort Sumner.

Na viagem de volta paramos para jantar no rancho de Wilcox, a dezenove quilômetros de Fort. Wilcox contou que Bowdre estava muito ansioso para falar comigo. Queria saber se conseguiria liberdade sob fiança caso aparecesse e se entregasse. Deixei um recado com Wilcox para que Bowdre me encontrasse na encruzilhada da estrada, a três quilômetros de Sumner, às duas horas do dia seguinte. Ele foi pontual e lhe mostrei uma carta do capitão J. C. Lea de Roswell, em que se lia a promessa de que, caso ele, Bowdre, renunciasse à má vida e abandonasse seus vergonhosos amigos, os bons cidadãos fariam todo o possível para lhe conseguir a liberdade sob fiança, dando-lhe uma oportunidade de se redimir.

Bowdre não pareceu depositar muita fé nessas promessas e pensou evidentemente que eu estava fazendo esse jogo só para tê-lo em minhas mãos. Prometeu, entretanto, cessar o comércio com the Kid e seu bando. Disse que não poderia deixar de alimentá-los se viessem ao seu rancho, mas que não os protegeria além do que era obrigado a fazer. Argumentei que se não os deixasse ou não se rendesse, seria certamente capturado ou morto, pois estávamos atrás do bando e não descansaríamos até prendê-los, mortos ou vivos. E desse modo nos separamos.

Chegando a Fort Sumner dispensei o bando armado, exceto Mason, e eles voltaram a Roswell. Contratei C. B. Hoadley para levar os prisioneiros a Las Vegas. Ao chegar com eles a Sumner, vindo do sul, tinha escrito a Desiderio Romero, xerife do condado de San Miguel, informando que os prisioneiros estavam sob guarda em Fort Sumner e pedindo que os viesse buscar. Não recebi nenhuma notícia e afinal decidi que eu próprio os levaria a Las Vegas, para me ver livre deles. No dia em que devíamos partir, Juan Roibal e dois outros mexicanos chegaram a Sumner procedentes de Puerto de Luna para saber dos cavalos de Grzelachowski que the Kid roubara. Voltaram conosco até o rancho de Gayhan, ajudando-nos, a mim e a Mason, a guardar os prisioneiros. Do rancho de Gayheart tomaram a rota direta a Puerto de Luna, enquanto nós, depois de alguma demora, partimos pela estrada à direita. Tínhamos andado apenas cinco ou seis quilômetros, quando um mensageiro de Roibal nos interceptou com a informação de que um bando do xerife de Las Vegas estava em Puerto de Luna a caminho de Fort Sumner em busca dos prisioneiros.

Isso mudou minha rota e peguei a outra estrada. Encontramos o bando de Las Vegas a uns treze quilômetros de Puerto de Luna. Dois xerifes-delegados os conduziam, Francisco Romero e um holandês. E ele era realmente um holandês. Tinham chegado a Puerto de Luna com três homens num carro de mola e o grupo ali aumentara de cinco para vinte ou vinte e cinco homens, todos mexicanos, exceto o irreprimível holandês. Descartaram-se do carro, pois apareceram todos montados, aproximando-se de nosso grupo como um redemoinho de lunáticos: os corcéis empinando e corcoveando, vangloriando-se aos altos brados e com ares arrogantes. Era de se pensar que tivessem assinado contrato para lutar de novo a batalha de Valverde e que seus opositores eram um exército de dez mil rebeldes, ao invés de dois prisioneiros algemados.

Em Puerto de Luna os delegados me passaram o recibo dos prisioneiros e eu os estava entregando, quando Webb me abordou, dizendo que só tinha dez dólares no mundo, mas que os daria para mim, se eu o acompanhasse até Las Vegas. Falou que achava ser este o meu dever, pois eu o tinha prendido e ele nunca se teria rendido a uma turba como aquela. Respondi que se ele via a situação dessa maneira e se temia por sua segurança, eu continuaria a viagem, mas, é claro, recusei o dinheiro.

Os delegados levaram os prisioneiros para lhes colocar os ferros. Eu estava sentado na loja de A. Grzelachowski, quando Juanito Maes, um famoso criminoso, ladrão e assassino, aproximou-se de mim e levantou as mãos, declarando que ouvira dizer que eu o procurava e que tinha vindo se render. Respondi que o conhecia, não tinha mandado de prisão contra ele e que não o buscava. Quando Maes me deixou, um mexicano chamado Mariano Leiva, o grande valentão da cidade, com a mão sobre a pistola que estava em seu bolso, aproximou-se de mim e declarou que gostaria de ver qualquer maldito gringo prendê-lo. Falei que fosse embora e não me amolasse. Ele saiu para o alpendre, onde continuou uma tirada de insultos, todos dirigidos contra mim. Finalmente saí e lhe disse que não tinha papéis para ele, negócio algum a tratar com ele, e que, se por acaso os tivesse, ele não precisaria se dar o trabalho de me procurar, porque eu certamente o encontraria. Com uma praga levantou o braço esquerdo de maneira ameaçadora, a mão direita ainda sobre a pistola. Dei-lhe um safanão e o atirei para fora do alpendre. Ele caiu de pé, sacou a pistola e atirou em vão. Minha pistola disparou antes, visando seus pés. O segundo tiro atingiu seu ombro, quando ele então se virou e correu, atirando para trás enquanto se distanciava, bem longe do alvo.

Entrei na loja e peguei minha Winchester. Em poucos minutos o delegado Romero apareceu e me informou que eu era seu prisioneiro. Afastei-o para o lado e declarei que não tinha a intenção de me submeter, perguntando-lhe a causa da minha prisão. Explicou que era por atirar em Leiva e fez menção de pegar a minha arma. Disse que não pretendia me esquivar da lei, mas que ele não podia me desarmar; que eu não sabia com que espécie de gente estava lidando; que um homem já tinha atirado deliberadamente em mim e que eu conservaria minhas armas para me proteger. Mason tinha entrado e, pegando o seu rifle, falou:

– Devo cortar o filho da puta em dois, Pat?

Ordenei que não atirasse, pois eu não me importava com o latido desses vira-latas. Meu amigo Grzelachowski interferiu a meu favor e o audacioso delegado se retirou. Dirigi-me a um oficial de justiça na manhã seguinte, prestei declarações e fui liberado.

O delegado Romero escrevera ao xerife de Las Vegas que prendera os dois prisioneiros e estava a caminho com ambos, e que Barney Mason, um membro do bando de the Kid, também estava sob seus cuidados. O xerife mandou imediatamente o seu irmão, com cinco ou seis homens, para nos encontrar no rancho do major Hay. Vieram com toda a parafernália de guerra e, se isso fosse possível, era uma turba ainda mais ridiculamente bombástica que a formada em Puerto de Luna. Ameaças, pragas e gritos criaram um pandemônio no lugar. O Romero, que acabara de se juntar a nós, jurava que prendera the Kid certa vez em Anton Chico (o que era uma mentira, apesar de seu bando a confirmar), que ele não precisava de armas para prender the Kid, bastava pôr os olhos nele. Entretanto, não havia dúvida de que esse *poodle* teria cavalgado a noite toda para não dormir a dezesseis quilômetros de um antigo acampamento de the Kid. Rudabaugh observou certa vez que vaga-lumes e espigas de milho eram o suficiente para pôr a correr os policiais de Las Vegas ou Puerto de Luna.

Antes de chegarmos ao rancho de Hay, ouvira dizer que Frank Stewart, agente dos criadores de gado na região do Canadian, estava em Anton Chico ou perto dessa localidade, acompanhado de um grupo numeroso, no encalço de the Kid e seu bando. Queria recuperar um gado que tinham roubado, mas gostaria mais ainda de pegar os ladrões. Ao receber essa informação, eu mandara Mason a Anton Chico com um recado para Stewart. Os delegados de Las Vegas levantaram objeções a que ele abandonasse o bando, pois tinham colocado na cabeça, por algum processo de raciocínio, que Mason era seu prisioneiro, embora não tivessem mandado de prisão para ele, nem o tivessem detido. Não dei atenção à sua lenga-lenga sem sentido, mas falei que Mason chegaria a Las Vegas quase ao mesmo tempo que nós, e que então, se quisessem, poderiam prendê-lo. Alguns dias mais tarde, mostrei Mason ao xerife em Las Vegas, mas eles tinham mudado de ideia e não o queriam mais.

A alguns quilômetros de Las Vegas, esse bando simpático parou num *tendejón* de beira de estrada para pegar uma carga de *aguardiente*. Aproveitei a oportunidade para abandonar a companhia desagradável e entrei sozinho na cidade. Tinha vergonha de ser visto com a turba barulhenta, tagarela, insolente, estúpida e vil, cujo comportamento teria desgostado the Kid e seu bando de ladrões.

Capítulo XVIII

Frank Stewart – Organizando-se para a caçada – Um Dom Quixote moderno – Um espião de confiança – Na trilha

Como Mason e eu tínhamos saído da estrada que vai direto de Fort Sumner a Las Vegas para nos encontrarmos com os policiais em Puerto de Luna, perdemos the Kid, Rudabaugh e Wilson, que estavam a caminho de Las Cañaditas, como foi relatado. Eu compreendera que Frank Stewart, o agente dos criadores de gado do Pan Handle, estava indo em direção ao sul para caçar the Kid, e minha mensagem, levada a Anton Chico por Mason, mencionada no último capítulo, era para lhe dizer que eu queria vê-lo antes de sua partida. Ele veio, com Mason, e me encontrou em Las Vegas, mas já mandara seu grupo para White Oaks.

Stewart planejava vasculhar os arredores de White Oaks e, se não encontrasse o bando por lá, cortar caminho pelas montanhas, atingir o rio Pecos ao sul e segui-lo em direção ao norte. Eu me opus a essa rota, pois dava aos fora da lei tempo para saírem da região ou procurarem esconderijo seguro. Stewart convenceu-se de que o plano não funcionaria e, cerca de uma hora da tarde de 14 de dezembro de 1880, Stewart, Mason e eu saímos de Las Vegas para alcançar o bando de Stewart e fazê-lo voltar. Paramos no rancho de Hay, a vinte e nove quilômetros de Las Vegas, jantamos e continuamos viagem. Em torno de uma hora da madrugada encontramos uns cargueiros mexicanos acampados perto da estrada e dormimos até o amanhecer. Viajamos sem parar até cerca das nove horas do dia 15, quando vimos no horizonte o bando de Stewart.

Enquanto tomava um café da manhã reforçado, Stewart, que queria sondar a disposição de seus homens, sem no entanto revelar nossos planos, falou:

– Rapazes, há uma manada de bois lá perto de Fort Sumner que estou louco para pegar e reunir.

Todos compreenderam que espécie de gado ele procurava e alguns fraquejaram quando sentiram a iminência de um possível conflito com the Kid e seu bando violento, enquanto outros se mostraram mais que desejosos de ajudar.

Por fim Stewart disse:

– Façam como quiserem, rapazes, mas não há tempo para conversas. Aqueles que vão comigo, preparem-se imediatamente. Não quero ninguém hesitante.

Em um minuto Lon, Chambers, Lee Halls, Jim East, "Poker Tom" "The Animal", e "Tenderfoot Bob" estavam sobre as selas, prontos a nos acompanhar.

Tomamos a direção sudoeste, pretendendo atingir o rio Pecos em Puerto de Luna. Percorremos cerca de setenta e dois quilômetros naquele dia e paramos num rancho mexicano lá pela nove horas da noite, uns vinte e sete quilômetros ao norte de Puerto de Luna, onde não encontramos refeições nem para os homens, nem para os cavalos. Mas nos consolamos com as lembranças das corcovas de búfalos que tínhamos comido nos últimos dias e nos alegramos com a possibilidade de boas refeições no dia seguinte.

Na manhã do dia 16, pegamos a estrada ao amanhecer. Estava muito frio e alguns de nossos homens caminhavam puxando os cavalos, para esquentar os pés. Entre as oito e nove horas paramos na frente da loja de

Grzelachowski, onde tivemos uma acolhida cordial e uma recepção hospitaleira. Para descansar e poupar os cavalos, decidimos ficar até a manhã seguinte. Passamos o dia aquecendo os corpos frios junto a fogueiras de raízes de algarobo e ingerindo combustível líquido, comendo maçãs e sacando rolhas. Como passatempo, tínhamos as vanglorias de um certo Francisco Aragon, que era um verdadeiro Dom Quixote... falando. Repetidas vezes enganou the Kid e todo seu bando, sempre num espanhol questionável. Suas armas eram a eloquência, a fluência e palavrões bem enfáticos, inspirados por frequentes libações de caráter misto. Este grande bravo não se tomou de amores por mim; dispensou todo o seu afeto, atenção e emoções em excesso a Stewart e Mason, colocando diante deles a égide de suas proezas e infalibilidade. Por fim convidou meus dois companheiros a acompanhá-lo até sua casa, "logo ali no outro lado da rua", onde prometia regalá-los com açúcar-cande e uísque de centeio *ad infinitum*. Não precisou de muitos argumentos para convencer meus amigos. Serviu-se o uísque com açúcar-cande e, depois de dois ou três goles, Dom Francisco começou o combate com os moinhos de vento. Acreditava que, como eles são movidos por vento, devem ser combatidos com o vento, e lançava verdadeiros tornados contra inimigos invisíveis. O propósito desse herói, sem dúvida, era impressionar sua querida esposa com sua valentia, e obteve tanto êxito que seus delírios arrancaram dela milhares de súplicas apaixonadas: que ele reprimisse sua terrível mão e se abstivesse de aniquilar the Kid e todo o seu grupo, pois com isso arriscava sua preciosa vida. Era o efeito procurado por Aragon e, se ela não tivesse demonstrado aflição e alarme, ele lhe teria dado, sem dúvida, uma surra de deixá-la toda manchada, assim que se vissem sozinhos. Suas súplicas, porém, só redobravam as ameaças sacrílegas. Estava ansioso por agarrar os criminosos sangrentos. Não queria que nenhum de meus homens, nem eu, o acompanhassem. Ele sozinho faria tudo: iria buscar os bandidos, recolhê-los e entregá-los nas minhas mãos. Parecia achar que havia escassez de americanos e queria poupá-los. Ia me arrumar todos os voluntários que eu quisesse de manhã – dez, vinte ou trinta. Depois de lutar esta batalha campal até quase o anoitecer, decidiu partir imediatamente e buscá-los sem demora. Mesmo que os bandidos se abrigassem quando o vissem chegar, ele arrasaria as paredes sobre suas cabeças e os arrastaria para fora pelos calcanhares. Por fim o trio – Stewart, Mason e a esposa – conseguiu extrair dele a promessa solene de que daria a the Kid e seus seguidores mais algumas horas de vida.

De manhã decidi perder um pouco de tempo para ver se conseguia me livrar desse valente aliado. Stewart me implorou que o deixasse ir junto, só para ver como reagia. Ele disse que estaria pronto às dez horas e, montando o cavalo, andou furiosamente para cima e para baixo, nas ruas e na praça, fingindo estar alistando homens, enquanto, secretamente, dissuadia os cidadãos de partir. Às dez horas perguntamos se estava pronto. Ainda não, mas era só questão de minutos. Lá pelas duas horas, o ousado Aragon anunciou que não tinha o direito de se opor aos fora da lei e recusou-se a nos acompanhar. Foi com dificuldade que impedi Stewart de laçá-lo e arrastá-lo preso ao arção de sua sela.

Saímos de Puerto de Luna cerca de três horas da tarde só com um elemento – Juan Roibal. Não conseguimos convencer nenhum dos gabolas covardes quando chegou a hora de ir. Estavam dispostos a partir em qualquer direção que não fosse aquela em que the Kid podia ser encontrado. Tenho, entretanto, de abrir uma exceção para dois jovens americanos, Charlie Rudolph e George Wilson, que não partiram conosco porque não tinham armas nem cavalos. Envergonhados da pusilanimidade de seus conterrâneos, tomaram emprestado armas e cavalos e nos alcançaram no rancho de John Gayheart, vinte e nove quilômetros ao sul de Puerto de Luna e quarenta quilômetros ao norte de Fort Sumner. Chegamos ao rancho lá pelas nove horas da noite de 17 de dezembro, debaixo de uma terrível tempestade de neve vinda do noroeste.

No rancho de Gayheart jantamos, descansamos um pouco e, por volta da meia-noite, já nos achávamos de novo sobre as selas, com uma viagem de quarenta quilômetros pela frente, que estávamos determinados a fazer até o amanhecer. No dia anterior, em Puerto de Luna, tinha mandado um espião, José Roibal, irmão de Juan, a Fort Sumner. Era um sujeito digno de confiança que Grzelachowski me recomendara. Ele tinha cavalgado direto a Fort Sumner sem parar, conseguira todas as informações possíveis e, ao voltar, me encontrara no rancho de Pablo Beaubien, um quilômetro e meio ao norte do de Gayheart, onde me fez um relato do que viu.

Sua aparição em Fort Sumner não despertou suspeitas. Manteve os olhos abertos e a boca fechada. Se era necessário falar, fingia ser um pastor procurando ovelhas perdidas. Não havia dúvida de que the Kid, com cinco amigos, se encontrava em Fort Sumner e estava de sobreaviso. George Farnum, um cocheiro, lhe dissera que Mason e eu estávamos a caminho de Fort Sumner, mas nenhum dos dois sabia que não estávamos sozinhos. Mantinham os cavalos encilhados e estavam preparados para "nos receber" quando aparecêssemos no horizonte, ou para correr, conforme a ocasião determinasse.

Depois de reunir todas as informações possíveis, José, sem despertar suspeitas, saiu despreocupadamente de Fort Sumner, cruzando o rio para o oeste. Foliard e Pickett o seguiram através do rio e lhe perguntaram quem ele era, qual o seu propósito etc... Respondeu que era um pastor à procura de ovelhas extraviadas. Seus interlocutores pareceram satisfeitos com a resposta e deixaram-no partir.

Depois de seu encontro em Las Cañaditas, the Kid, Foliard, Bowdre, Rudabaugh, Wilson e Pickett tinham ido direto a Fort Sumner e ali passavam o tempo alegremente com cartas, bebidas e danças. The Kid ouvira falar da captura de mulos e de outro rebanho roubado no rancho de Yerby e ficou terrivelmente encolerizado com isso. O bando tinha esbanjado muitas horas preciosas me rogando pragas e me ameaçando de morte violenta. The Kid escrevera ao capitão Lea, em Roswell, que, se os policiais lhe dessem um pouco de tempo, deixando-o em paz enquanto os cavalos descansassem e ele se preparasse para a partida, sairia da região para sempre. Mas, se fosse perseguido ou atormentado, começaria uma guerra sangrenta e a lutaria até o fim fatal.

Com essas informações de nosso fiel espião, saímos do rancho de Gayheart perto da meia-noite, chegando a Fort Sumner logo antes do amanhecer. Acampamos um pouco ao norte da cidade; levei Mason comigo e saí para explorar o terreno. Sabíamos que os fora da lei mantinham os cavalos no curral de A. H. Smith quando apareciam em Sumner, por isso fomos visitá-lo em primeiro lugar. Descobrimos que os cavalos não estavam lá, então acordamos Smith, que nos contou que os bandidos tinham partido depois do anoitecer do dia anterior. Fomos todos dormir na casa de Smith, com exceção de Mason, que ficou na casa de seu sogro. Voltou, entretanto, imediatamente, dizendo que ouvira boatos de que the Kid e seu bando estariam numa velha construção abandonada ali perto. Essa notícia nos excitou, nos tirou da cama e nos desapontou, pois não havia ninguém na casa indicada. Concluímos que nossas almas teriam que ter paciência, *per force*, até o amanhecer.

Capítulo XIX

Os cúmplices de the Kid – A armadilha – Foliard mortalmente ferido – "Mate-me, Pat, e acabe com meu sofrimento" – Morte – Fuga – Perseguição – Um lunático de medo – The Kid escapa novamente da morte e da prisão

Quando as primeiras pessoas começaram a se movimentar na praça de Fort Sumner na manhã do dia 18, abandonei nosso grupo em segredo, levando apenas Mason comigo e comecei a fazer umas investigações. Nas minhas andanças encontrei um mexicano chamado Iginio Garcia, que eu sabia ser um instrumento de the Kid, e falei com ele. Disse-lhe para não denunciar minha presença a ninguém do bando e para não sair da cidade. Ele declarou que tinha negócios urgentes a tratar no sul, mas me assegurou que seguiria meu conselho. Consenti que partisse, pois não fazia muita diferença. Se eles ficassem sabendo que eu estava ali, agiriam sob a impressão de que meu único auxílio num conflito seria Mason e, talvez, um ou dois mexicanos. Eu tinha certeza de que a presença de Stewart e seu grupo não fora denunciada. Garcia vivia a dezenove quilômetros ao sul de Fort Sumner e partiu nessa direção.

Um ou dois dias antes desses acontecimentos, A. H. Smith mandara Bob Campbell e Jose Valdez a Bosque Grande, para pegarem umas vacas leiteiras que comprara de Dan Dedrick. Garcia encontrou esses dois perto de sua casa. Sabia que Campbell era amigo e cúmplice de the Kid e que Valdez era pelo menos um amigo. Contou-lhes que eu estava em Fort Sumner e eles soltaram imediatamente as vacas e se separaram.

Campbell foi a um acampamento ali perto, contratou um menino mexicano e o enviou, com uma nota, a the Kid, que, junto com seu bando, estava o rancho de Wilcox, dezenove quilômetros a leste de Sumner. Valdez entrou em Sumner, onde o encontrei e lhe perguntei se tinha visto Garcia. Falou que o vira a distância, mas que não falara com ele. Não fiz mais perguntas, pois estava convencido de que só ouviria mentiras.

Ao receber a nota de Campbell, the Kid mandou a Fort um filho adotivo de Wilcox, Juan, para ver como andavam as coisas, com ordens de retornar trazendo informações o mais rápido possível. Wilcox e seu sócio, Brazil, eram cidadãos cumpridores da lei que, mais tarde, deram valiosa ajuda a meus esforços para capturar o bando. Mas, se tivessem sido denunciados a the Kid, ele os teria matado sem misericórdia. Ao ver Juan na praça, suspeitei qual era sua missão. Abordei-o e descobri que minha conjetura estava correta. Depois de conversar um pouco com ele, decidi depositar total confiança no sujeito. Expus meus planos a ele; prometeu seguir fielmente as minhas instruções e confiei na sua palavra. Obtive desse mensageiro as seguintes informações.

The Kid e todo o seu bando tinham a intenção de vir, no dia seguinte, a Sumner, num vagão que trazia um carregamento de carne bovina. Naquela manhã the Kid recebera de um menino mexicano uma nota de Bob Campbell, em que Bob relatava como ele e Valdez encontraram Garcia e como este os informara de minha presença em Sumner. Portanto, Valdez mentira para mim. Essa nota perturbou os planos de the Kid e ele tinha mandado Juan para tentar saber alguma coisa sobre meus movimentos, o número da minha força etc. Perguntei a Juan se ele colaboraria comigo para ludibriar os fora da lei. Respondeu que faria o que eu lhe ordenasse. Deixei-o e procurei Valdez. Fiz com que escrevesse uma nota a the Kid declarando que eu e todo o meu grupo tínhamos partido para Roswell e que não havia perigo. Depois escrevi uma nota a Wilcox e Brazil, afirmando que estava em Fort Sumner com treze homens, no encalço de the Kid e seu bando e que não descansaria enquanto não os pegasse ou os expulsasse da região; e pedia que cooperassem comigo. Assim que Juan acabou seus compromissos na praça, procurou por mim. Dei a ele as duas notas, avisando que não as misturasse, e o mandei para casa.

The Kid e seu grupo aguardavam impacientemente a chegada de Juan. Correram os olhos ansiosamente pela nota de Valdez e então, a altos brados, fizeram pouco de minha timidez. Diziam que a notícia era boa demais para eles; que tinham pensado em vir atrás de nós de qualquer maneira; que era grande a vontade de nos seguir, pois, se conseguissem me matar, não seriam mais molestados; que, se não tivessemos fugido, eles nos teriam "espantado com tiros" e nos posto a correr. Juan não estava dormindo e, na primeira oportunidade, deu a outra nota a Wilcox.

Tinha certeza de que o bando estaria em Fort Sumner naquela noite e fiz meus preparativos para recebê-los. Havia um velho abrigo no lado leste da cidade, na direção por onde viriam. A esposa de Bowdre ocupava um quarto na casa e eu estava convencido de que seria para ela a primeira visita do bando. Levei meu grupo para lá, coloquei um guarda perto da casa e fiquei esperando pela caça.

Eles chegaram umas boas duas horas antes do que eu esperava. Estávamos passando o tempo jogando cartas. Havia vários mexicanos na cidade e eu temia que alguns deles informassem o bando, por isso os tinha comigo sob custódia. A neve cobria o chão, aumentando a luminosidade lá fora. Perto das oito horas um guarda chamou cautelosamente da porta:

– Pat, está vindo alguém!

– Peguem os revólveres, rapazes – disse eu. – Só os homens que buscamos andam por aí a esta hora da noite.

Apesar de toda a sua valentia temerária, the Kid tinha, quando calmo, uma forte dose de cautela no seu modo de ser. Contou-me mais tarde que, ao se aproximarem da casa naquela noite, ele estava à frente com Foliard. Quando chegaram perto de nós, surgiu na sua mente, segundo ele, uma forte suspeita de que talvez estivessem indo ao encontro de um perigo desconhecido.

– Bem – disse eu –, o que você fez?

Ele respondeu:

– Estava com vontade de mascar fumo, muita mesmo. Wilson tinha um fumo dos bons e ele vinha na retaguarda. Fui lá para trás em busca do tabaco, compreende? – e piscou o olho maliciosamente.

Um dos mexicanos me seguiu até lá fora e nós dois nos reunimos ao guarda, Lon Chambers, de um lado, enquanto Mason, com o resto do grupo, contornou a casa para detê-los, caso quisessem entrar na cidade. O bando estava bem à vista, aproximando-se. À frente vinham Foliard e Pickett. Eu estava sob a varanda colado à parede, parcialmente escondido por uns arreios ali dependurados; Chambers logo atrás de mim e o mexicano atrás dele. Murmurei:

– São eles.

Aproximaram-se, até a cabeça do cavalo de Foliard ficar sob a varanda, quando então gritei:

– Alto lá.

Foliard procurou sacar a pistola, Chambers e eu abrimos fogo. O cavalo virou-se e correu pelo menos uns 150 metros. O mais rápido possível atirei em Pickett. O clarão do revólver de Chambers perturbou minha mira e errei o tiro. Mas, pelo modo como ele correu e gritou, poder-se-ia pensar que tinha recebido uma dúzia de balas. Quando o cavalo de Foliard saiu correndo com ele, o cavaleiro soltava gritos de agonia mortal e ficamos convencidos de que morrera. Ele, porém, virou o cavalo e, enquanto voltava vagarosamente, falou:

– Não atire, Garrett. Estou morrendo.

Mason gritou:

– Tome seu remédio, meu velho, tome seu remédio – e fez menção de se aproximar de Foliard. Gritei para Mason que Foliard estava morrendo e poderia querer vingança. Ainda podia puxar o gatilho; por isso, que ele tivesse cuidado ao se aproximar do moribundo. Gritei para Tom que levantasse as mãos, que não lhe daria chance de me matar. Respondeu que estava morrendo e que não podia levantar as mãos, e pediu que o tirássemos de cima do cavalo e o deixássemos morrer na forma mais tranquila possível. Com os revólveres apontados para ele, chegamos perto, tiramos sua arma do coldre, baixamos o cavaleiro do cavalo e o carregamos para dentro de casa, onde o deitamos. Pegamos sua pistola, que estava engatilhada, e descobrimos que estava ferido no lado esquerdo, logo abaixo do coração, e que uma bala rasgara seu casaco na frente.

Durante essa luta com Foliard e Pickett, o grupo do outro lado tinha visto the Kid e o resto do bando, atirara neles e matara o cavalo de Rudabaugh, que, no entanto, percorreu ainda trinta e dois quilômetros, até o rancho de Wilcox, antes de morrer. Assim que Mason e seu grupo abriram fogo, os quatro saíram correndo como um bando de corcéis selvagens do Nueces. Estavam totalmente surpresos e confusos. Quando the Kid e os companheiros desapareceram, Mason veio por trás da casa, aparecendo bem no momento em que Foliard voltava, cambaleando na sua sela. Depois que o deitamos dentro da casa, ele me pediu que o matasse; disse que, se eu fosse um amigo, acabaria com seu sofrimento. Respondi que não era amigo de homens da espécie dele, que procuravam me matar só porque estava tentando cumprir meu dever e que não atirava em meus amigos como tinha feito com ele. Nesse momento Mason entrou novamente no quarto. Foliard mudou o tom imediatamente e gritou:

– Não atire mais, pelo amor de Deus, já estou morrendo.

Talvez adivinhasse que, se pedisse a Mason para acabar com seu sofrimento, esse atenderia sua súplica. Mason lhe disse novamente para "tomar seu remédio". Ele replicou:

– É o melhor remédio que já tomei.

Também pediu a Mason que dissesse a McKinney para escrever à sua avó no Texas, contando de sua morte. Em certo momento, exclamou:

– Oh, meu Deus, será possível que vou morrer?

Pouco antes de sua morte, disse a ele:

– Tom, você não tem muito mais tempo.

Respondeu:

– Quanto mais cedo, melhor. Ficarei livre da dor.

Não censurou ninguém, mas observou quem estava lá com ele. Morreu uns três quartos de hora depois de ter levado o tiro.

Pickett não foi ferido, mas quase morreu de susto. Saiu uivando pela pradaria, gritando "matança sangrenta" e desapareceu até a noite seguinte. Esgotou seu cavalo de tanto correr e depois seguiu a pé mesmo, chegando ao rancho de Wilcox no anoitecer do dia seguinte, onde se escondeu num monte de feno. Tinha percorrido a cavalo uns bons quarenta quilômetros em direção nordeste, antes do animal desfalecer, e depois caminhou entre dezenove e vinte e quatro quilômetros até o rancho. Lá ficou agachado e tremendo de medo no monte de feno até ver seus companheiros chegarem da montanha.

The Kid, Rudabaugh, Bowdre e Wilson fugiram para o rancho de Wilcox, onde Rudabaugh pegou outro cavalo. Sem perda de tempo partiram então para as montanhas, de onde ficaram observando com binóculos o rancho e os arredores durante todo o dia seguinte. Ao anoitecer voltaram para a casa, quando Pickett então apareceu. Deve ter sido divertido ver a repentina mudança desse sujeito, de uma covardia abjeta a bravatas exageradas, quando compreendeu que estava vivo e ileso e que tinha amigos por perto a quem pedir proteção. Andava arrogantemente de um lado para outro e tocava a sua corneta mais ou menos neste tom.

– Rapazes, peguei aquele maldito cara de pernas compridas que gritou "alto".

Estava com minha arma sobre a sela, na minha frente, e, assim que ele nos saudou, despejei bala nele. Oh, claro que o acertei.

Reduzido agora a cinco homens, o bando ficou no rancho de Wilcox naquela noite. Estavam deprimidos e desencorajados. Depois de longa discussão, decidiram mandar alguém a Fort Sumner na manhã seguinte para ver como andavam as coisas. Revezaram guarda durante a noite para evitar surpresas e enviaram o sócio de Wilcox, o sr. Brazil, à cidade no dia seguinte. Suspeitavam de uma traição de Wilcox e Brazil, por terem sido tão eficazmente surpreendidos no velho abrigo, mas quando voltaram ao rancho os dois acabaram por tranquilizá-los.

Capítulo XX

The Kid e seu bando caem novamente numa armadilha – Morte de Bowdre – Os fora da lei – Planos desesperados de fuga – O caminho bloqueado pelo corpo de um cavalo morto – Rendição – O resto do bando recolhido à cadeia em Las Vegas

Brazil me procurou em Fort Sumner na manhã de 20 de dezembro. Falou que todo o bando estava de crista caída e que eles o tinham mandado em busca de informações. Deveria voltar para lhes comunicar o que conseguisse descobrir. Mandei que retornasse e lhes avisasse que eu me encontrava em Sumner apenas com Mason e três mexicanos e estava bastante assustado, querendo voltar para Roswell, mas com medo de sair da cidade. Brazil só voltou no dia seguinte. Momentos antes da partida disse a ele que, caso encontrasse o bando no rancho, permanecesse por lá. Se já tivessem partido, ou se partissem depois de sua chegada, que voltasse para me dar a informação. Se não me procurasse antes, eu seguiria para o rancho às duas horas da madrugada; e, se não cruzasse com ele na estrada, ficaria certo da presença dos bandidos no local.

Esse amigo fiel foi para casa e retornou, chegando a Sumner por volta da meia-noite. Havia neve no chão, fazia um frio terrível e a barba de Brazil estava cheia de flocos de gelo. Contou que the Kid e os quatro companheiros tinham jantado no rancho de Wilcox e depois partiram. Saímos todos para o rancho. Mandei Brazil à frente para ver se o bando tinha regressado, enquanto, com meu grupo, tomava um desvio por Lake

Ranch, a dois ou três quilômetros da estrada, pensando que talvez estivessem lá. Cercamos a casa, descobrimos que estava vazia e seguimos para o rancho de Wilcox. A cerca de oito quilômetros da casa encontramos Brazil. Informou que os fora da lei não tinham voltado e me mostrou o rasto deles na neve. Depois de seguir um pouco esse rasto, fiquei convencido de que tinham ido a Stinking Springs, onde havia uma velha casa abandonada construída por Alejandro Perea. Quando chegamos a uns oitocentos metros da casa, paramos e conferenciamos. Disse a meus companheiros que tinha certeza de que os bandidos estavam encurralados e lhes recomendei que ficassem em silêncio. A quatrocentos metros, dividimos o grupo e deixamos Juan Roibal encarregado dos cavalos. Com metade dos homens contornei a construção. Encontrando um arroio seco, entramos no leito e conseguimos chegar bem perto. Com o resto do grupo Stewart descobriu um esconderijo, no outro lado, a uns duzentos metros da casa. Viam-se três cavalos amarrados nos caibros salientes da habitação. Sabendo que eles eram cinco e estavam todos com montaria ao saírem do rancho de Wilcox, concluímos que tinham levado dois cavalos para dentro. Não havia porta, apenas uma abertura no lugar da antiga porta. Enviei um mensageiro que se arrastou até Stewart com a proposta de que, como os bandidos sem dúvida estavam na casa, deveríamos entrar furtivamente e mantê-los presos sob a mira de nossos revólveres até o amanhecer. Stewart foi contra. Lee Hall aprovou o plano. Tremendo de frio, esperamos o amanhecer ou um movimento dos habitantes da casa.

Tinha uma descrição perfeita dos trajes de the Kid, especialmente do chapéu. Dissera a todos do nosso bando que, se the Kid aparecesse, pretendia matá-lo, pois os outros então se renderiam. The Kid jurava que nunca se deixaria prender, que morreria lutando, com um revólver em cada mão, e eu sabia que cumpriria a sua palavra. De minha posição podia ver a passagem da porta e disse a meus homens para se levantarem e abrirem fogo quando eu erguesse a arma.

Pouco antes do romper do dia, apareceu na estrada, com um embornal na mão, um homem que, com toda certeza, julguei ser the Kid. A altura e o traje, especialmente o chapéu, correspondiam exatamente à sua descrição. Dei o sinal, erguendo minha arma até o ombro. Meus homens se levantaram e sete balas partiram com seu recado mortal. Nossa vitima foi Charley Browdre. Virando-se, ele cambaleou de volta para a casa. Em um momento ouviu-se a voz de Wilson. Chamou por mim e disse que Bowdre estava morrendo e queria sair. Respondi que saísse de mãos para cima. Quando ele começou a se mover, the Kid agarrou seu cinto, torceu-o colocando o revólver bem à sua frente e falou:

– Eles o assassinaram, Charley, mas você ainda pode se vingar. Mate alguns desses filhos da puta antes de morrer.

Bowdre saiu, a pistola ainda dependurada na sua frente, mas com as mãos para cima. Caminhou em direção a nossas fileiras até me reconhecer. Então veio direto a mim, com um gesto apontou a casa e, sufocando-se com sangue, falou:

– Quer... quero... quero... – depois, num sussurro –, estou morrendo.

Segurei Bowdre, coloquei-o gentilmente sobre meus cobertores e ele morreu quase na mesma hora.

Observando todo e qualquer movimento na casa, à luz cada vez mais forte do dia, logo vi tremular uma das cordas que prendiam os cavalos e compreendi que estavam tentando levar um deles para dentro. Meu primeiro impulso foi rebentar a corda com um tiro, mas estava se sacudindo tanto que fiquei com medo de errar a mira. Fiz melhor: quando o cavalo estava quase na abertura, atirei e ele caiu morto, obstruindo parcialmente a saída. Para impedir outra tentativa dessa natureza, rebentei a tiros as cordas que prendiam os outros dois cavalos e eles se afastaram. Ainda tinham dois cavalos na casa, um dos quais era a égua favorita de the Kid, famosa por sua velocidade, resistência física e beleza.

Comecei então uma conversa com os sitiados, cujo porta-voz era the Kid. Perguntei como estava instalado lá dentro.

– Muito bem – respondeu the Kid –, mas não temos lenha para fazer o café da manhã.

– Saia – disse eu – e pegue a lenha. Seja mais sociável.

– Não posso, Pat – respondeu. – Os negócios me prendem aqui dentro. Não há tempo de andar por aí.

– Vocês não esqueceram parte de seu programa ontem, camaradas? – Bem sabem que deveriam nos atacar em Fort Sumner por outra direção, travar conosco uma verdadeira batalha, nos afugentar e nos tocar Pecos abaixo.

Brazil me disse que, ao levar a the Kid a informação de que eu só tinha Mason e três mexicanos comigo em Fort Sumner e de que estava com medo de voltar para casa, ele propusera me pegar. Bowdre não aprovara a expedição. Minha zombaria fez com que the Kid compreendesse que tinham sido traídos e se tornou reticente.

Nosso grupo estava ficando com muita fome e, reunindo-se, fizemos um arranjo para ir ao rancho de Wilcox tomar o café da manhã. Fui primeiro, com metade dos homens. A distância era de apenas cinco quilômetros. Quando chegamos lá, Brazil me perguntou que novidades trazia. Respondi que eram más, que tínhamos matado o único homem que não queríamos matar. Quando ficou sabendo que era Bowdre, falou:

– Não sei por que você deveria se arrepender de tê-lo matado. Depois que você teve aquela entrevista com ele no outro dia e estava fazendo o possível para livrá-lo das encrencas, ele me falou, quando voltávamos para casa: "Gostaria que você conseguisse que aquele maldito filho da puta de pernas compridas viesse me encontrar outra vez. Eu simplesmente o mataria e acabaria com todo esse problema!". Então, ainda está muito arrependido?

Acertei com Wilcox para mandar ao nosso acampamento provisões, lenha e forragem para os cavalos. Não sabia quanto tempo os marginais resistiriam e achei melhor conseguir o máximo de conforto possível para mim e os rapazes. Charley Rudolph tinha ficado com os pés levemente congelados na noite anterior. Quando voltei, Stewart e o resto dos rapazes foram tomar o café da manhã.

Por volta das três horas o bando soltou os dois cavalos de dentro da casa. Pegamos os corcéis, assim como já tínhamos feito com os outros dois. Lá pelas quatro horas chegou o carro do rancho de Wilcox com provisões e lenha. Fizemos um fogo forte e fomos cozinhar. O cheiro da carne assada foi demais para os jovens famintos, que estavam sem provisões. A ânsia dos estômagos venceu os valentes corações. Rudabaugh pôs para fora da janela, na extremidade de uma vara, um lenço que outrora tinha sido branco e gritou para nós que queriam se render. Respondi que todos poderiam sair com as mãos para cima, se quisessem. Rudabaugh veio até nosso acampamento e disse que todos se renderiam se eu lhes garantisse proteção contra violência, o que, é claro, garanti. Rudabaugh voltou para a casa, onde os marginais conferenciaram um pouco. Em alguns minutos todos eles, the Kid, Wilson, Pickett e Rudabaugh, saíram, foram desarmados, receberam sua refeição e então nós os conduzimos ao rancho de Wilcox. Mandei Brazil, Mason e Rudolph com um carro que levava o corpo de Bowdre. Após a chegada do cadáver ao rancho de Wilcox, o cortejo saiu para Fort Sumner, entrando na cidade antes da noite. Entregamos o corpo de Bowdre à sua mulher, algemamos os prisioneiros e, ao crepúsculo, Stewart, Mason, Jim East, "Poker Tom" e eu partimos, levando os prisioneiros para Las Vegas.

The Kid e Rudabaugh estavam animados e alegres durante a viagem, Wilson parecia abatido e Pickett assustado. The Kid disse que, se tivesse conseguido levar os três cavalos, ou dois deles, ou um apenas, para dentro da casa, teriam rompido o bloqueio e escapado. Disse também que ele, sozinho, teria feito de si mesmo um alvo até sua égua o levar para longe do alcance de nossas armas ou até nós o matarmos, se o cavalo morto não tivesse barrado o seu caminho. Falou que sabia que ela não tentaria passar pelo corpo morto e que, se tentasse, despedaçaria o topo da cabeça do cavaleiro contra a verga da passagem da porta. Em Fort Sumner, the Kid deu a égua de presente a Stewart, comentando que, pelas suas expectativas, os negócios o prenderiam tanto em casa nos próximos meses que ele mal teria tempo para andar a cavalo.

Chegamos ao rancho de Gayheart com nossos prisioneiros em torno da meia-noite, descansamos até as oito da manhã e entramos em Puerto de Luna perto das duas horas da tarde no dia de natal. Meu amigo Grzelachowski nos deu a todos um esplêndido almoço. Meu ubíquo Don Quixote Aragon me ofereceu novamente seus valiosos serviços e os de sua turba original, que respeitosamente recusei.

Com uma equipe nova, saímos de Puerto de Luna cerca de quatro horas, quebramos o nosso carro, pedimos emprestado outro do capitão Clarency e chegamos ao rancho de Hay para tomar o café da manhã. Às duas horas da tarde de 26 de dezembro, entramos em Las Vegas e, no meio de uma multidão de cidadãos, abrimos caminho até a cadeia. Nosso ponto final era a cadeia de Santa Fé, pois tínhamos mandados de prisão dos Estados Unidos contra todos os nossos prisioneiros, com exceção de Pickett. Esse, pretendíamos deixar em Las Vegas. Tínhamos a intenção de levar os outros três até Santa Fé de manhã, embora imaginássemos, e Rudabaugh era da mesma opinião, que as autoridades de Las Vegas iriam insistir em prendê-lo pelo assassinato do carcereiro. Tínhamos prometido a Rudabaugh que o levaríamos até Santa Fé e estávamos determinados a fazê-lo. Dessa forma Stewart foi prestar juramento afirmando que mantínhamos esse prisioneiro com base num mandado de prisão dos Estados Unidos; armados com esse instrumento e com nosso mandado de prisão, pretendiamos conservar o prisioneiro e levá-lo a Santa Fé.

Capítulo XXI

Uma multidão em Las Vegas quer Rudabaugh – The Kid na cadeia em Santa Fé – Tentativa de escapar – The Kid julgado em Mesilla por assassinato – Condenado à forca – Encarcerado em Lincoln

Na manhã de 27 de dezembro, mandei colocar algemas novas em the Kid, Rudabaugh e Wilson. Como Michael Cosgrove, Esq., um contratante do correio, era bem conhecido em Santa Fé, convenci-o a me acompanhar até lá com os prisioneiros. Liberei, portanto, dois de meus guardas e parti com Cosgrove, Stewart e Mason.

Depois do café da manhã fomos à cadeia buscar nossos prisioneiros. Eles nos entregaram the Kid e Wilson, que estavam algemados juntos. Pedimos Rudabaugh. Recusaram-se a nos ceder esse último, dizendo que fugira daquela cadeia e que eles o queriam por assassinato. Respondi que nosso direito ao prisioneiro era superior ao deles, pois eu era um xerife-delegado dos Estados Unidos e tinha prendido Rudabaugh por um delito contra as leis dos Estados Unidos, que nada sabia a respeito de outro delito ou prisão, que ele era meu prisioneiro, que eu era responsável por ele e pretendia levá-lo. Stewart redigiu uma declaração juramentada para eles e, finalmente, nos entregaram Rudabaugh.

Mal tínhamos entrado no trem com nossos três prisioneiros, observamos que uma boa quantidade de mexicanos, espalhados pela multidão, estavam armados com rifles e revólveres e pareciam bastante agitados. Stewart e eu concluímos que a intenção deles era tirar

Rudabaugh do trem. Perguntei a Stewart se deveríamos lutar por causa disso, respondeu que sim, sem dúvida. Falei:

– Vamos ter uma boa luta então.

Tínhamos certeza de que pretendiam linchá-lo, senão talvez o tivéssemos entregado. Além disso, ele reconheceu que estava com medo da turba e a nossa promessa era de que o protegeríamos e o levaríamos até Santa Fé.

Stewart ficou vigiando uma porta do vagão e eu a outra. Os valentões armados se amontoavam ao redor, mas ninguém apresentou um pedido formal por Rudabaugh, nem declarou o que queriam. O xerife-delegado Romero, irmão do xerife que se destacara tanto quando entreguei Webb no rancho de Hay, liderava um grupo de cinco, que se aproximou da plataforma onde eu estava, brandindo seus revólveres. Um membro da turba falou:

– Vamos tratar de entrar e trazê-lo aqui para fora. – E eles empurraram o delegado plataforma acima, comprimindo-se atrás dele. Eu simplesmente pedi, com meu tom de voz mais suave, que tratassem de descer, e eles escorregaram para o chão como um bando de tartarugas de casco duro despencando das margens do Pecos. Não pareciam de modo algum assustados, antes modestos e tímidos.

Rudabaugh estava nervoso. The Kid e Wilson pareciam indiferentes. Disse-lhes para não se preocuparem, que iríamos lutar se tentassem entrar no carro e que, se a briga começasse, eu armaria todos e deixaria que ajudassem. Os olhos de the Kid brilharam ao dizer:

– Tudo bem, Pat. É o que mais quero, um revólver de seis tiros. Mas não há perigo. Esses caras não vão lutar.

A turba estava se enfraquecendo e tudo o que eles queriam era que alguém os convencesse a desistir, para que o recuo não parecesse uma retirada completa. Uns mexicanos influentes conferenciaram um pouco com eles, conseguindo que se acalmassem. Ficamos detidos uns três quartos de hora por causa disso. Soube mais tarde que tinham intimidado o engenheiro com armas, para que não pusesse o trem em movimento. Um dos funcionários da estrada de ferro ameaçou-os com a lei por deter o correio dos Estados Unidos. Por fim, o xerife-delegado dos Estados Unidos, Mollay, subiu na cabina do maquinista e deu partida no trem.

Eu telegrafara ao xerife-delegado dos Estados Unidos Charles Conklin e o encontrei na estação de Santa Fé, esperando por nós. Entreguei-lhe os prisioneiros no dia 27 de dezembro de 1880 e ele os colocou na cadeia de Santa Fé. Enquanto estiveram lá, os marginais fizeram uma tentativa de escapar cavando um buraco nas paredes de adobe e escondendo a terra embaixo das camas. Essa tentativa foi frustrada pela vigilância dos carcereiros.

Rudabaugh foi julgado e considerado culpado por assaltar o correio dos Estados Unidos, mas não se proferiu nenhuma sentença. A pedido de autoridades territoriais levaram-no ao condado de San Miguel, onde foi julgado pelo assassinato do carcereiro, considerado culpado e condenado à forca. Apelou da sentença e agora definha na cadeia de Las Vegas, esperando um novo julgamento. (Já fugiu desde então.)

Billy Wilson foi duas vezes processado por passar dinheiro falso, primeiro em Mesilla e depois em Santa

Fé; mas ainda não foi julgado. Caso se livre dessa acusação, ainda corre o risco de ser considerado cúmplice do assassinato de Carlyle.

O xerife-delegado dos Estados Unidos Tony Neis transferiu the Kid e Wilson de Santa Fé para Mesilla, onde the Kid foi julgado pela primeira vez, nas sessões de março de 1881 do tribunal do distrito, pelo assassinato de Roberts na agência dos índios apaches mescaleros, em março de 1878. O juiz Bristol designou o juiz Ira E. Leonard, de Lincoln, para defendê-lo. Foi absolvido. Novamente julgado, no mesmo período, pelo assassinato do xerife William Brady, em Lincoln, no dia 1º de abril de 1878, foi condenado a morrer na forca no dia 13 de maio de 1881, em Lincoln, a sede do condado de Lincoln. O xerife-delegado federal Robert Olinger e o xerife David Woods, do condado de Dona Ana, trouxeram the Kid de Mesilla e me entregaram o prisioneiro em Fort Stanton, quatorze quilômetros a oeste de Lincoln, em 21 de abril de 1881.

Até poucas semanas atrás o condado de Lincoln não tinha uma cadeia que mantivesse preso um aleijado. O condado simplesmente comprara, para ser usado como edifício público, o grande prédio de dois andares, que antes era a casa comercial de Murphy & Dolan, mas não construíra uma cadeia. Por esse motivo fui obrigado a colocar uma guarda com the Kid. Escolhi o xerife-delegado J.W.Bell e o xerife-delegado federal Robert Olinger para essa tarefa e designei-lhes um quarto de guarda no segundo andar do edifício, separado e distante das celas dos outros prisioneiros. Esse quarto ficava no canto nordeste do prédio e era necessário passar por um corredor e cruzar outro quarto grande antes de se chegar à sua única porta de acesso. Existiam duas janelas no quarto: uma no lado norte abrindo para a rua e a outra no leste, abrindo para um grande pátio que se estendia uns cem metros ou mais para leste e se projetava rua adentro, três ou quatro metros além das paredes frontais do lado norte do edifício. No canto do pátio que avançava sobre a rua, do lado noroeste, perto da casa, havia um portão; e a partir desse portão um caminho seguia ao longo da extremidade leste do prédio até a parede traseira do sul, onde um portão menor abria para um curral nos fundos da casa. Passando-se através desse curral para o canto sudoeste da construção, chegava-se a uma porta que dava para um pequeno corredor e uma escada larga, que era então o único meio de acesso ao segundo andar do edifício. De frente para o norte, subiam-se cinco ou seis degraus até um patamar quadrado, virava-se à direita, de frente para o leste, e subiam-se doze ou quatorze degraus, chegando-se ao corredor que se estendia por todo o edifício de norte a sul. Virando-se à direita, encontravam-se duas portas, uma em cada lado do corredor. A da direita dava para um quarto no lado sudoeste do prédio, onde se guardavam as armas excedentes. Virando-se à esquerda, no topo da escada, descobriam-se duas outras portas, uma em cada lado do corredor, e mais outra na extremidade norte, que abria para uma varanda voltada para a rua, ao norte. A porta do lado esquerdo, ou a oeste do corredor, dava para um quarto apropriado para o encarceramento de prisioneiros que eu mantivesse sob guarda. A porta do lado direito, ou a leste do corredor, abria para um quarto grande que me servia de escritório. Atravessada essa sala, uma outra porta dava para o apartamento do canto nordeste, onde eu determinara que a guarda encarcerasse the Kid. O leitor logo compreenderá a necessidade dessa descrição, quer tenha sido clara ou não.

Durante os poucos dias em que the Kid ficou prisioneiro, tive várias conversas com ele. Parecia ter uma desculpa plausível para todo e qualquer crime de que era acusado, com exceção, talvez, do assassinato de Carlyle. Disse-lhe certo dia:

– Billy, não sei julgar se foi justa a sentença pelo assassinato de Brady, mas, se você tivesse sido absolvido dessa acusação, seria, com toda certeza, enforcado pelo assassinato de Jimmy Carlyle e eu teria considerado essa sentença justa. Esse é o crime mais abjeto de que você já foi acusado.

Ele pareceu desconcertado e abatido, e apenas observou:

– Há muita coisa nessa história que as pessoas não sabem.

Em nossas conversas, ele às vezes parecia a ponto de abrir o seu coração, como se fosse confessar os crimes ou se justificar, mas tudo sempre terminava com uma insinuação não expressa de que não valia a pena, pois ninguém lhe daria crédito, e ele se recusava a implorar simpatia. Não demonstrava inimizade em relação a mim por ter sido o instrumento que o levara perante a justiça, ao contrário, manifestava respeito e confiança, reconhecendo que eu tinha apenas cumprido meu dever, sem maldade, e o tratava com acentuada clemência e bondade.

Quanto a seus guardas, depositava confiança no xerife-delegado Bell e parecia gostar dele. Bell não teve nenhuma ligação com a guerra do condado de Lincoln e não sentia nem animosidade nem rancor contra the Kid. A aversão natural de um homem honesto em relação a um bem conhecido violador das leis era, no caso de Bell, intensificada pelo assassinato de Carlyle, que fora amigo seu. Mas, se a prevenção existia, ele nunca a deixou transparecer em palavras, nem em ações.

Quanto ao xerife-delegado federal Olinger, o caso era totalmente diferente. Durante os anos de anarquia eles frequentemente se enfrentaram em lados opostos. Bob Beckwith era amigo íntimo de Olinger e the Kid o matara. The Kid acusava Olinger de ter matado amigos seus. Havia um ódio mútuo entre os dois e nenhum tentava disfarçar ou esconder a antipatia que sentia pelo outro.

Capítulo XXII

A aventura mais desesperada de The Kid – Liberdade sobre cadáveres desfigurados – Dois assassinatos sangrentos em trinta segundos – Trinta e seis balas de chumbo no corpo de um policial – Livra-se de toda a cidade – Os habitantes paralisados de medo – The Kid sai da cadeia de Lincoln sem encontrar oposição – Novamente um fugitivo

Ao entardecer do dia 28 de abril de 1881, Olinger levou todos os demais prisioneiros até o outro lado da rua para jantarem, deixando Bell encarregado de the Kid no quarto da guarda. Só temos a versão de the Kid e as poucas informações do sr. Geiss, um alemão que trabalhava no prédio, para determinar o que realmente aconteceu logo depois da partida de Olinger. Por circunstâncias, indicações, informações de Geiss e declarações de the Kid, a conclusão mais aceita é a seguinte:

A pedido de the Kid, Bell o acompanhou até o andar de baixo e o levou ao curral dos fundos. Ao voltarem, Bell deixou que the Kid se distanciasse bastante à sua frente. Quando the Kid virou à direita no patamar da escada, ficou fora do alcance da visão de Bell. Ele era leve e ágil e, com alguns saltos silenciosos, chegou ao topo da escada, virou à direita, empurrou com o ombro a porta do quarto onde se guardavam as armas (embora trancada, todo mundo sabia que essa porta se abria com um empurrão firme), entrou, pegou um revólver de seis tiros e voltou ao topo da escada bem no momento em que Bell aparecia no patamar da escada, uns doze degraus abaixo, e atirou. Bell virou-se e correu para o curral em direção ao portão pequeno.

Caiu morto antes de alcançá-lo. The Kid correu para a janela na extremidade sul do corredor, viu Bell cair, livrou-se com agilidade das algemas e atirou-as sobre o corpo dizendo:

– Tome, maldito, fique com estas também.

Depois correu para o meu escritório e pegou uma espingarda de cano duplo. Essa era uma arma muito boa, de retrocarga, que pertencia a Olinger. Ele a carregara naquela manhã, na presença de the Kid, colocando dezoito balas de chumbo em cada cano, enquanto observava:

– O homem que receber uma dessas cargas vai se dar mal.

The Kid entrou então no quarto da guarda e postou-se perto da janela que abria para o pátio, no lado leste. Olinger escutou o tiro e começou a atravessar a rua em direção ao prédio, acompanhado de L. M. Clements. Olinger entrou no portão que dava para o pátio, bem quando Geiss aparecia no pequeno portão do curral, dizendo:

– Bob, the Kid matou Bell.

No mesmo momento ouviu-se a voz de the Kid lá em cima.

– Olá, meu velho – disse ele.

– Sim, e me matou também – exclamou Olinger e caiu morto, com dezoito balas de chumbo no ombro direito, no peito e no lado. The Kid voltou pelo quarto da guarda, passou pelo meu escritório, entrou no corredor e saiu na sacada. De lá podia ver o corpo de Olinger, estirado perto do portão, no canto do pátio que avançava sobre a rua. Mirou deliberadamente e atirou de novo, a carga do outro cano atingindo quase os mesmos lugares.

Depois, quebrando a arma contra o corrimão da sacada, atirou os pedaços em Olinger, dizendo:

– Tome, maldito, você não vai mais me seguir com esta arma.

Voltou então ao quarto dos fundos e armou-se com uma Winchester e dois revólveres. Ainda estava embaraçado com seus ferros, mas, chamando o velho Geiss, ordenou que trouxesse uma lima. Geiss obedeceu e lhe atirou a lima pela janela. The Kid mandou então que o velho fosse encilhar um cavalo que estava no estábulo, propriedade de Billy Burt, escrivão de notas. Depois foi até uma janela da frente que tinha uma boa vista da rua, sentou-se perto dela e limou os ferros de uma perna. Bob Brookshire saiu do hotel oposto e começou a descer a rua em direção à praça. The Kid lhe apontou a Winchester e disse:

– Volte, jovem, volte. Não quero ferir você, mas estou lutando pela minha vida. Não quero ver ninguém sair dessa casa.

Nesse meio tempo Geiss estava tendo problemas com o cavalo, que se soltara e corria pelo curral e pelo pátio, mas conseguiu enfim levá-lo até a frente da casa. The Kid aparecia por toda parte no edifício, na varanda, observando das janelas. Dançava na sacada, ria e gritava como se não tivesse com que se preocupar. Depois dos assassinatos ficou na casa durante quase uma hora antes de fazer menção de sair. Quando se aproximou para montar o cavalo, este se soltou novamente e partiu em direção ao rio Bonito. The Kid gritou para Andrew Nimley, um prisioneiro que estava parado por perto, que fosse pegá-lo. Nimley hesitou, mas um movimento rápido e imperativo de the Kid o colocou em ação. Trouxe o cavalo de volta e the Kid observou:

– Meu velho, se não buscasse este cavalo, eu mataria você.

Depois montou, dizendo para os que estavam por perto.

– Digam a Billy Burt que vou devolver seu cavalo. – E saiu a galope, os ferros ainda dependurados numa das pernas. Estava armado com uma Winchester e dois revólveres. Tomou a estrada do oeste, que leva a Fort Stanton, mas a uns seis quilômetros da cidade virou para o norte, seguindo na direção de Las Tablas.

É bom voltarmos à cena desta tragédia. Descobriu-se que Bell tinha sido atingido sob o braço direito, a bala passando pelo corpo e saindo sob o braço esquerdo. Um exame cuidadoso mostrou que, para quem era excelente atirador, the Kid atirou mal, e ter acertado Bell foi quase um acaso. A bala atingiu a parede à direita de Bell, ricocheteou, passou pelo corpo do guarda e se alojou na parede de adobe à esquerda. Havia outra prova além das marcas na parede. Antes de entrar no corpo, a bala já estava certamente denteada e amassada, pois as suas dobras ficaram cheias de carne. The Kid contou mais tarde a Pete Maxwell que Bell atirou nele duas vezes e por pouco não acertou. Não há dúvida de que essa declaração é falsa. Ouviu-se outro tiro antes de Olinger aparecer na cena, mas acredita-se que foi um tiro acidental de the Kid, enquanto procurava armas. Olinger foi atingido no ombro direito, no peito e no lado. Foi literalmente furado por trinta e seis balas de chumbo.

Os habitantes de toda a cidade de Lincoln pareciam aterrorizados. Tenho plena certeza de que the Kid poderia ter andado para cima e para baixo na cidade até o anoitecer, sem que ninguém atirasse, nem tentasse prendê-lo. Um pouco de simpatia pode ter motivado algumas pessoas, mas a maioria ficou, sem dúvida, paralisada de medo, quando correu o rumor de que o temível criminoso the Kid estava em liberdade e tinha matado seus guardas.

Tudo isso foi para mim uma calamidade muito constrangedora, pela qual não me isento de culpa. A fuga de the Kid e o assassinato dos guardas resultaram, em grande parte, de descuido e má vigilância. Eu conhecia o caráter violento do homem que as autoridades viriam tirar de minhas mãos no dia 13 de maio; sabia que era temerário e inescrupuloso e que, com a forca à sua frente, sacrificaria, sem a menor misericórdia, como se estivesse matando um coiote, as vidas de centenas de homens, se estes se colocassem entre ele e a liberdade. Vejam como foram inadequadas todas as minhas preocupações. Porém, em defesa própria, e correndo o risco de ser acusado de não querer assumir a responsabilidade, colocando-a sobre os ombros de homens mortos, devo dizer que minhas instruções em relação à cautela e à rotina da guarda não foram observadas, nem obedecidas.

No sangrento 28 de abril, eu estava em White Oaks. Saí de Lincoln no dia anterior para cobrar impostos. Estive em Las Tablas no dia 27 e de lá fui para White Oaks. No dia 29 recebi uma carta de John C. Delaney, Esq., de Fort Stanton, declarando simplesmente que the Kid fugira e matara os guardas. No mesmo dia Billy Nickey chegou de Lincoln e me contou todos os detalhes. Voltei a Lincoln no dia 30 e parti com alguns recrutas voluntários para tentar descobrir o rasto de the Kid, mas não tivemos êxito. Alguns dias mais tarde, o cavalo de Billy Burt retornou arrastando uma corda.

Ou the Kid o soltara, ou o tinha mandado por algum amigo que trouxera o animal até os arredores da cidade e o tocara para casa.

A notícia seguinte que se teve de the Kid, após sua escapada de Lincoln, foi a de que tinha estado em Las Tablas, onde roubara um cavalo de Andy Richardson. Dirigiu-se com esse cavalo até um ponto a poucos quilômetros de Fort Sumner, onde se livrou do animal e entrou na cidade a pé. Se ali se deu a conhecer a alguém, não fiquei sabendo. Em Sumner roubou um cavalo de Montgomery Bell, que mora uns oitenta quilômetros para o norte, mas estava na cidade a negócios. Saiu da cidade cavalgando o cavalo em pelo e tomou a direção sul. Bell achou que o cavalo fora roubado por algum mexicano e chamou Barney Mason e o sr. Curington para irem procurá-lo com ele. Bell separou-se de seus companheiros e desceu o rio Pecos. Mason e Curington tomaram outra direção. Mason tinha um rifle e um revólver de seis tiros, ao passo que Curington estava desarmado. Encontraram um acampamento de pastores mexicanos e, quando se aproximaram, the Kid avançou e os saudou. Ele tinha marcado Mason como objeto de sua vingança. Com a aparição repentina e inesperada de the Kid, o interesse de Mason "ganhou asas". Não procurou alvo para sua arma, mas fez uso de um novo par de esporas. Em suma, Mason saiu correndo. Curington parou e falou com the Kid, que confessou ter o cavalo de Bell. Mandou dizer a Bell que estava a pé e precisava de um animal para sair da região. Se conseguisse dar outro jeito, devolveria o cavalo; caso contrário, pagaria por ele.

Sabe-se que, depois do encontro com Curington, the Kid ficou por algum tempo com um dos pastores de ovelha de Maxwell, uns cinquenta e seis quilômetros a leste de Sumner. Passava o tempo em acampamentos de pastores e vaqueiros e aparecia com frequência em Cañaditas Arenoso e Fort Sumner. Estava sempre indo de um lugar para outro. E assim, durante dois meses e meio, the Kid levou uma vida de fugitivo, andando, apesar do perigo, perto dos cenários de suas aventuras criminosas nos últimos dois anos.

Tinha muitos amigos fiéis, que lhe davam abrigo e o mantinham sempre a par das notícias publicadas pelos jornais locais e de toda e qualquer informação valiosa para a sua segurança. Ainda não era o fim, mas ele não tardaria.

CAPÍTULO XXIII

Novamente na trilha – The Kid perseguido até o fim – O tiro fatal no escuro – The Kid morre, mas quando não estava de botas

Durante as semanas que se seguiram à fuga de the Kid, algumas pessoas me censuraram por meu aparente desinteresse e inércia em relação à sua nova captura. Fui bastante personalista para achar que entendia de meu ofício e decidi cumprir meu dever, se possível à minha maneira. Trabalhava sem parar, mas em silêncio, procurando informações seguras e amadurecendo meus planos de ação. Não saí andando pelos antigos lugares frequentados por the Kid, nem revelei minhas intenções e atividades a ninguém. Fiquei em casa a maior parte do tempo e me ocupei com o rancho. Se meu aparente desinteresse enganou as pessoas e tornou the Kid confiante em sua segurança, alcancei meu objetivo. Acreditava que the Kid ainda estava na região, perambulando pelos arredores de Fort Sumner, mas tinha dúvidas a respeito. The Kid nunca fora tolo, todos o consideravam dotado de discernimento e raciocínio frio extraordinários para alguém de sua idade. Parecia incrível que, na sua situação, sob a pena máxima da lei e a ameaça da recompensa pela sua cabeça, e com o caminho da fuga e segurança aberto à sua frente – sem nenhum laço, ao que se soubesse, que o prendesse à perigosa localidade –, parecia incrível que permanecesse no território. Minha primeira tarefa era esclarecer minhas dúvidas.

No começo de julho, tive a resposta de uma carta que escrevera ao sr. Brazil. Estava em Lincoln quando essa carta me chegou às mãos. O sr. Brazil andava se esquivando e se escondendo de the Kid. Temia sua vingança por causa do papel que ele, Brazil, desempenhara na sua captura. Muitos outros "tremeram dentro de suas botas" ao saber da fuga, mas a maioria conseguiu acabar com o ressentimento de the Kid ou se reconciliou com ele de algum modo.

A carta de Brazil não me deu nenhuma informação positiva. Dizia que não tinha visto the Kid desde sua fuga; mas, por muitas indicações, acreditava que ele ainda estava na região. Oferecia todo e qualquer auxílio que estivesse ao seu alcance para recapturá-lo. Escrevi novamente a Brazil, pedindo que me encontrasse na foz de Tayban Arroyo uma hora depois do anoitecer do dia 13 de julho.

Um cavalheiro chamado John W. Poe, que tinha substituído Frank Stewart no serviço dos criadores de gado do Canadian, estava em Lincoln a negócios e lá se encontrava também um de meus delegados, Thomas McKinney. Foi com este que falei primeiro. Pedi-lhe que me acompanhasse numa viagem de negócios ao Arizona. Antes passaríamos em casa e de lá partiríamos. Ele concordou. Dirigi-me então a Poe, a quem revelei meus planos com todos os detalhes, mostrando-lhe minha correspondência. Ele também acedeu a meu pedido dizendo que me acompanharia.

Fomos os três para Roswell e de lá começamos a subir o rio Pecos na noite de 10 de julho. Viajamos a maior parte do tempo à noite, evitando as estradas e tomando caminhos não frequentados, e chegamos à foz de Tayban Arroyo, oito quilômetros ao sul de Fort

Sumner, uma hora depois do anoitecer do dia 13 de julho. Brazil não estava lá. Esperamos quase duas horas, mas ele não apareceu. Afastamo-nos uns dois ou três quilômetros, amarramos os cavalos e dormimos até o amanhecer. De manhã cedo fomos para as montanhas e ficamos observando a região com nossos binóculos por um tempo.

Poe era um estranho na área e não havia muito perigo de ele encontrar em Sumner alguém que o conhecesse. Assim, depois de uma ou duas horas nas montanhas, ele dirigiu-se a Sumner a fim de fazer investigações. Aconselhei que fosse também a Sunnyside, onze quilômetros ao norte de Sumner, para falar com M. Rudolph, Esq., em cujo discernimento e discrição eu depositava grande confiança. Combinei com Poe que nos encontraríamos naquela noite, quando a lua nascesse, em La Punta de La Glorietta, seis quilômetros e meio ao norte de Fort Sumner. Poe seguiu para a cidade, enquanto eu e McKinney fomos a Pecos Valley, onde permanecemos durante todo o dia. À noite começamos a dar voltas ao redor da cidade e nos encontramos com Poe pontualmente no lugar marcado.

A presença de Poe em Sumner não tinha despertado atenção especial e ele não conseguira informações ali. Na opinião de Rudolph, tudo indicava que the Kid andava por perto, mas ele às vezes duvidava. O motivo de suas dúvidas não parecia, porém, ter outro fundamento além do fato de que the Kid não era um tolo e nenhum homem de bom senso se exporia, nessas circunstâncias, a um tal perigo.

Decidi então ir ter uma conversa com Pete Maxwell, Esq., em quem achava que podia confiar. Já tínhamos chegado a uma pequena distância das terras de

Maxwell, quando encontramos um homem acampado e paramos. Para grande surpresa de Poe, ele reconheceu no viajante um antigo amigo e sócio no Texas, chamado Jacobs. Desencilhamos os cavalos, tomamos um pouco de café e entramos a pé num pomar que ia do acampamento até uma fila de antigas construções, algumas ocupadas por mexicanos, que se encontravam a menos de sessenta metros da casa de Maxwell. Com cautela nos aproximamos das habitações e, quando chegamos a uma distância de onde podíamos escutar os ruídos, ouvimos o som de vozes conversando em espanhol. Rapidamente nos escondemos e procuramos prestar atenção, mas a distância era grande demais para se escutar as palavras ou até para se distinguir as vozes. Logo um homem levantou-se do chão, aparecendo bem à vista, mas longe demais para ser reconhecido. Usava um chapéu de abas largas, um colete e umas calças escuros e estava em mangas de camisa. Com poucas palavras que soaram como um murmúrio em nossos ouvidos, dirigiu-se até o muro, pulou e saiu caminhando na direção da casa de Maxwell.

Apesar de então nem sequer suspeitarmos, este homem era the Kid. Ficamos sabendo mais tarde que, ao deixar seus companheiros naquela noite, ele foi à casa de um amigo mexicano, tirou o chapéu e as botas e, atirando-se sobre uma cama, começou a ler um jornal. Logo, porém, chamou seu amigo que estava dormindo no quarto e lhe disse para se levantar e fazer café, acrescentando:

– Dê-me uma faca que vou até a casa de Pete pegar um pouco de carne. Estou com fome.

O mexicano levantou-se, entregou-lhe a faca e the Kid, sem chapéu e de meias, partiu para a casa de Maxwell, que ficava a apenas alguns passos de distância.

Quando the Kid saiu do pomar, sem que eu o reconhecesse, fiz um gesto para os meus companheiros e cautelosamente recuamos um pouco. Depois, para evitar as pessoas que tínhamos escutado nas construções, tomamos outro caminho, aproximando-nos da casa de Maxwell pela direção oposta. Quando chegamos à parte da frente da habitação, deixei Poe e McKinney no final da varanda, a meio metro da porta do quarto de Pete, e entrei. Era quase meia-noite e Pete estava na cama. Fui até a cabeceira e me sentei na cama, ao lado dele, perto do travesseiro. Perguntei pelo paradeiro de the Kid. Respondeu que the Kid, com toda certeza, tinha andado por lá, mas não sabia se já partira ou não. Nesse momento um homem pulou rapidamente para dentro do quarto, olhando para trás, e disse duas vezes em espanhol:

– Quem está aí?

Ninguém respondeu e ele entrou. Não tinha chapéu. Pelo som de seus passos percebi que estava descalço ou de meias. Segurava um revólver na mão direita e uma faca na esquerda.

Veio direto na minha direção. Antes que chegasse à cama, sussurrei:

– Quem é, Pete?

Mas não obtive resposta alguma. Passou pela minha cabeça que talvez fosse o cunhado de Pete, Manuel Abreu, que, tendo visto Poe e McKinney, quisesse saber o que faziam ali. O intruso chegou perto de mim, apoiou as duas mãos sobre a cama, a direita quase tocando no meu joelho, e perguntou em voz baixa:

– Quem são eles, Pete?

No mesmo instante Maxwell me sussurrou:

– É ele!

Ao mesmo tempo the Kid deve ter visto ou sentido a presença de uma terceira pessoa na cabeceira da cama. Ergueu ligeiro a pistola automática a trinta centímetros de meu peito. Recuando rapidamente pelo quarto, gritou:

– *¿Quien es? Quien es?*

Tudo isso ocorreu num minuto. O mais depressa possível saquei meu revólver e atirei, pulei para o lado e atirei de novo. O segundo tiro foi em vão. The Kid caiu morto. Não disse nenhuma palavra. Um ou dois movimentos, um pequeno som sufocado, como se procurasse respirar, e the Kid foi fazer companhia às suas muitas vítimas.

Maxwell pulara para o chão no pé da cama, arrastando consigo os lençóis. Fui até a porta e lá encontrei Poe e McKinney. Maxwell passou correndo por mim varanda afora; eles lhe apontaram as armas e ele se pôs a gritar:

– Não atirem, não atirem.

Disse a meus companheiros que matara the Kid. Eles me perguntaram se não tinha atirado no homem errado. Respondi que não cometera nenhum erro crasso, que conhecia muito bem a voz de the Kid para estar enganado. The Kid era um total desconhecido para os dois. Eles o tinham visto passar e, quando the Kid pisou na varanda, McKinney, que estava sentado, se levantou; uma de suas esporas ficou presa nas tábuas e ele quase caiu. The Kid riu, mas provavelmente viu que estavam armados, pois sacou o revólver e pulou para a passagem da porta, enquanto falava:

– Quem vem lá?

Vendo um homem sem chapéu e sem sapatos, em mangas de camisa, com uma faca na mão e escutando sua fala em excelente espanhol, naturalmente acharam que fosse um mexicano ou um agregado da casa. Por isso a suspeita de que eu tinha pegado o homem errado.

Entramos então no quarto e examinamos o corpo. A bala o atingiu bem acima do coração e deve ter varado os ventrículos. Poe me perguntou quantos tiros dera; respondi dois, mas que não tinha ideia de onde fora parar a segunda bala. Tanto Poe como McKinney disseram que então the Kid devia ter atirado, pois tinham escutado três tiros com toda a certeza. Falei que the Kid disparara um tiro entre os meus dois. Maxwell confirmou que the Kid tinha atirado. Porém, quando fomos procurar marcas de balas, não se encontrou nenhuma de sua pistola. Pesquisamos longa e cuidadosamente, mas encontramos só as marcas de minhas duas balas, nenhuma outra mais. Por isso, contra a impressão e os sentidos de quatro homens, tivemos de concluir que the Kid não atirou. Examinamos sua pistola – uma automática, calibre 41. Tinha quatro balas e uma cápsula na culatra e o tambor estava posicionado na cápsula, mas isso não prova nada, pois muitos usam os revólveres dessa maneira por segurança. Além disso, a cápsula parecia ter sido utilizada há mais tempo.

Nunca se saberá se the Kid me reconheceu ou não. Em caso positivo, foi a primeira vez, durante toda a sua vida de perigos, em que não teve presença de espírito, em que deixou de atirar primeiro para hesitar depois. Sabia que um encontro comigo significaria rendição ou luta. Disse a várias pessoas dos arredores de Sumner que não sentia animosidade contra mim, nem desejava me causar dano. Sabia, porém, que, se nos encontrássemos, teria de se render, me matar ou ser morto. Por isso, declarava sua intenção de, em caso de encontro, começar a atirar assim que me visse.

Na manhã seguinte, o alcaide Alejandro Segura abriu um inquérito sobre o corpo. O honorável M. Rudolph, de Sunnyside, foi primeiro jurado no júri de instrução. Deram o veredito de que William H. Bonney morreu de um ferimento de bala, a arma estando nas mãos de Pat F. Garrett, que o ferimento fatal foi infligido pelo dito Garrett no cumprimento de seu dever oficial de xerife e que o homicídio era justificável.

O corpo foi asseado e apropriadamente vestido e enterrado no cemitério militar de Fort Sumner em 15 de julho de 1881. A idade exata, no dia de sua morte, era vinte e um anos, sete meses e vinte e um dias.

Disse que o corpo foi enterrado no cemitério em Fort Sumner. Gostaria de acrescentar que ainda continua lá, intato. Com crânio, dedos, dedos do pé, ossos e todos os cabelos que foram enterrados naquele 15 de julho, apesar das declarações em contrário de médicos, editores de jornais e articulistas. Uns trapaceiros presunçosos têm exposto o que dizem ser o crânio de the Kid, um de seus dedos ou alguma outra parte do corpo, e um cavalheiro médico persuadiu uns idiotas crédulos de que tem todos os ossos ligados com fios. É possível que haja exposto em algum lugar dos Estados Unidos ou até deste território um esqueleto retirado de algum ponto da região do rio Pecos. Existem esqueletos em quantidade nessa área. As margens do Pecos, de Fort Sumner ao rio Grande, são pontilhadas com tumbas sem nome e há esqueletos de todos os tamanhos, idades e formatos. Qualquer apresentador de curiosidades macabras pode ressuscitar um ou todos eles, exibindo-os como sendo os despojos mortais de Dick Turpin, Jack

Shepherd, Cartouche ou the Kid, sem que ninguém o contradiga. Só não peçam ao povo do rio Pecos para acreditar nessa história.

Repito mais uma vez que o corpo de the Kid jaz, sem ser molestado, na sua tumba. E sei do que estou falando.

Adendos

A vida de the Kid chegou ao fim e minha história acaba aqui. Entretanto, alguns de meus leitores consentirão talvez em me acompanhar por mais três ou quatro páginas, que podem ser desnecessárias e supérfluas, mas que acrescento para minha gratificação pessoal, convidando meus amigos a ler.

Durante o tempo que passei preparando esta obra para publicação, surgiram certas circunstâncias, apareceram alguns artigos de jornal e foram feitos muitos comentários – com referência ao destino de the Kid, seu caráter, modo de ser e história, e ao meu projeto de publicar um relato de sua vida –, a que resolvi dar resposta, não acatando, assim, o conselho de amigos que acreditavam ser mais apropriado e digno ignorá-los totalmente. Mas tenho algo a dizer e me proponho a dizê-lo.

Um diário de San Francisco, num artigo que nunca li, de que só tomei conhecimento por comentários em outros jornais, questiona, entre outras observações sobre meus atos, a minha imunidade de sanção legal pela morte de the Kid. Eu pensava não haver dúvidas a respeito dessa questão antes de empreender a perigosa tarefa de recapturá-lo, pois sabia da possibilidade de ter de matá-lo. Mas devo reconhecer que não consultei o editor de San Francisco e, agora que já é tarde, só posso desculpar-me humildemente pela culposa omissão. A lei decidiu que agi de acordo com suas exigências. Se a opinião do garatujador é adversa, só me resta, abjetamente, pedir o seu perdão.

Em publicações e ilustrações tenho sido representado escondido atrás de uma cama, debaixo dela ou em outros lugares, atirando em the Kid. Depois de muita deliberação decidi que uma confissão honesta me trará mais proveito que evasivas. Ouçam!

Eu não estava atrás da cama, porque, em primeiro lugar, não conseguiria entrar ali. Não sou tão "largo como uma porta de igreja", mas a cama se encontrava tão junto da parede que mal se poderia introduzir uma ripa entre as duas. Eu não estava embaixo da cama, e esse fato vai requerer uma explicação mais complicada. Eu *podia* ter me colocado embaixo da cama, mas, vejam, eu não sabia que the Kid ia aparecer. Ele me pegou de surpresa, não me deu chance de me esconder. Se tivesse suspeitado de sua proximidade ou de que surgiria de maneira tão abrupta, teria utilizado qualquer esconderijo seguro que houvesse por lá – embaixo da cama ou atrás de qualquer objeto que ali se encontrasse e que fosse suficientemente grande para me proteger.

Com medo? Suponham que um homem com a índole e o temperamento reconhecidamente gentil e amável de the Kid os avisasse de que, caso se encontrassem, seria melhor "começar a atirar imediatamente". Suponham que ele surgisse na sua frente inesperadamente com um revólver na mão, enquanto o de vocês ainda estivesse no coldre. Com medo? Vocês não ficariam com medo? Não tive coragem de responder a sua pergunta "*Quien es?*", pois o primeiro som de minha voz (que ele conhecia perfeitamente bem) teria sido o sinal para tornar meu corpo um alvo de sua automática, com a qual ele costumava despejar uma corrente contínua de fogo e chumbo em qualquer direção que lhe aprouvesse, sem errar. Com medo?

Bem, devo dizer que sim. Comecei aquela expedição sabendo que poderia ficar com medo. Parti considerando a possibilidade de levar um tiro e a possibilidade de ser ferido, talvez morto, mas só se precauções de minha parte não pudessem evitar tal catástrofe. The Kid recebeu de mim tratamento muito melhor do que aquele que eu pretendia lhe dar.

Depois, o "tiro de sorte", como o chamaram. Afortunado não foi o tiro, mas a oportunidade, e todos podem ficar certos de que não hesitei muito em aproveitá-la. Se há alguém bastante simplório para imaginar que coloquei ou colocaria minha vida em risco num confronto com the Kid ou qualquer outro de sua espécie, pode tirar da cabeça falácia tão absurda. Diz-se que Garrett não deu a the Kid oportunidade de se defender, que não lutou com ele "frente a frente" etc. Sempre que me comprometo a lutar com um homem "frente a frente", como dizem (*par* parêntese, quando não estou na briga), esse homem deve ter, aos olhos do mundo e em minha opinião, a reputação de um cidadão honrado e respeitável; ou, pelo menos, deve ser meu igual em posição social, e reivindico o direito de avaliar meu próprio caráter e minha vida. Se o público julgar que eles devam ser considerados pelos mesmos padrões aplicados aos fora da lei e assassinos, cujas vidas são confiscadas pela lei, peço o privilégio de apelar de sua decisão.

Tinha uma esperança – uma esperança muito tênue – de pegar the Kid como que distraído, de modo a poder desarmá-lo e capturá-lo. Não ocorrendo tal sorte, minha intenção era tentar sacar o revólver antes dele, com a certeza quase absoluta, em minha opinião, de que the Kid cumpriria sua ameaça de "morrer lutando com um revólver em cada mão". E, se sacasse a arma antes dele, seria forçado a matá-lo de qualquer maneira. Em momento algum passou pela minha cabeça assumir riscos que a cautela ou a astúcia pudessem evitar. Só por acaso poderíamos ter lutado de igual para igual e nesse confronto eu teria sido um participante involuntário. Se nos encontrássemos inesperadamente, face a face, acho que nenhum de nós sairia correndo e então aconteceria, sem dúvida, a "luta honesta". Com uma pergunta posso descartar a questão de me ter aproveitado deslealmente da situação etc. Que espécie de "luta honesta" ou "confronto de igual para igual" eu teria obtido, se um dos amigos de the Kid em Fort Sumner me tivesse visto por acaso, informando-o de minha presença na cidade e no quarto de Pete Maxwell naquela noite fatal?

Algumas palavras com relação às críticas de dois diferentes periódicos rurais, publicados, pelo que sei, em algum lugar no alto das montanhas dos condados do extremo norte deste território – em Guadalupitas, Las Golondrinas, La Cueva ou Vermejo. Nunca vi um exemplar de nenhum dos dois e ignoraria a sua existência, se um respeitável jornal não tivesse reproduzido seus "elogios". Esses sujeitos levantaram objeções à minha intenção de escrever e publicar uma biografia de the Kid. Suas queixas chegam tarde demais. A história está escrita e vou brigar muito antes de abandonar o projeto de publicá-la.

Uma dessas "aparições" semanais chama-se *The Optician* ou algum nome semelhante, voltada, pelo que o título indica, aos interesses de uma indústria que é ou deveria ser a prerrogativa exclusiva dos discípulos de Paul Fry. Talvez seja um periódico médico, editado por um M. D. que *não* conseguiu o crânio, nem o dedo, nem osso algum do corpo de the Kid e está bastante enraivecido com isso.

O outro, a julgar por dois ou três trechos tirados de suas colunas, também deve ser um periódico médico, publicado em prol de um asilo de imbecis. Aconselharia o gerente a exercer mais vigilância na ausência do editor e tentar manter os pacientes longe da sua cadeira. O infeliz tolo que rabiscou esse "monte de besteiras" sobre mim e o meu livro deve ser, a julgar por sua fraseologia peculiar, um débil mental.

You may spatter, you may soak him
With ink if you will,
But the scent of stale cat-fish
Will cling 'round him still'. *

Esses dois eremitas deleitáveis me acusam de querer publicar uma biografia de the Kid com o propósito nefando de ganhar dinheiro com isso. Oh, asnáticos impulsionadores do Faber nº 2! Oh, ridículos esbanjadores do fluido cor da noite de Arnold! Que outro propósito, em nome de Hades, eu poderia ter, segundo vocês? A filosofia deles é que não devo tentar ganhar ainda mais dinheiro com o resultado de meu "tiro de sorte", porque, realmente, "alguns homens já teriam ficado satisfeitos", etc. Qualquer pessoa, todos os demais, autores que nunca estiveram no Novo México e nunca viram the Kid, podem compilar a partir de boatos de jornal quantas biografias quiserem, ganhar com suas epopeias espúrias e pouco confiáveis todo o dinheiro que puderem extorquir de um público crédulo, que

* "Você pode salpicá-lo, pode encharcá-lo / De tinta se quiser, / Mas o cheiro de bagre estragado / Não se desprenderá do seu redor." (N.T.)

esses sujeitos os congratularão. Mas minha história verdadeira deve ser suprimida, porque fui pago por livrar a região de um criminoso. Como é que esses intrometidos impertinentes sabem quanto dinheiro ganhei com esse acidente, ou incidente, ou seja qual for o nome que lhe quiserem dar? Como é que sabem quantos milhares de dólares, em rebanho e outras propriedades, não poupei para aqueles que me "recompensaram" pela façanha? E daí se eu decidir publicar centenas de livros e ganhar dinheiro com todos eles, mesmo que fosse tão rico como os Harper Brothers? Gostaria de saber se esses descontentes se teriam recusado a publicar meu livro participando dos lucros e prejuízos. Gostaria de ver qual seria então o tom de suas notas e quando teriam "ficado satisfeitos". É bílis, Cully! Nada mais que bílis. Tomem pílulas Indian Root.

Mesmo assim agradeço suas notas gratuitas, espontâneas, apesar de sem valor. Talvez ajudem a vender alguns exemplares de minha obra em sua localidade isolada. Mas, como não preciso de caridade (ao contrário do que seus artigos parecem afirmar), mandem contas razoáveis que eu as pagarei. Conheço as dificuldades do trabalho de editores de periódicos em regiões isoladas e teria mandado um anúncio gratuito, *sem intenções,* a cada um, se tivesse sabido de sua existência.

É divertido observar como alguns "antigos inimigos" de the Kid e até alguns que se diziam seus amigos se tornaram valentes desde que não há mais perigo de sua coragem ser posta à prova por um encontro com ele. Alguns dizem que the Kid era um covarde (o que é uma mentira covarde) e que qualquer sujeito com um pouco de coragem o teria prendido sem dificuldades, negando desse modo a necessidade de matá-lo. Um o viu ser esbofeteado quando tinha um revólver na mão, sem esboçar reação. Outro viu um mexicano, perto do rio Grande, estrangulá-lo contra uma parede, the Kid chorando e implorando com uma pistola engatilhada na mão. Esses ventoinhas não merecem atenção. A maioria são vagabundos que "passavam" de uma facção para outra durante a guerra, regulando suas manobras de acordo com as perspectivas de perigo ou segurança, sempre tendo em vista a oportunidade de roubar um pônei ou um bezerro manchado, e aspirando a serem chamados pelos criadores de gado. Nenhum desses bravos lutadores bombásticos teria se atrevido a dar voz a bravatas tão mentirosas enquanto the Kid vivia, mesmo que este estivesse acorrentado numa cela. Se ele aparecesse na pista deles, não haveria quem não colocasse fogo na pradaria para escapar de seu alcance e, no seu terror, não apagasse de novo o fogo ao correr, deixando um rasto molhado atrás de si. Esses fanfarrões tolos não passam de novas ilustrações daquela antiga fábula "O Leão Morto e o Burro Vivo".

Vou agora despedir-me de todos os leitores que ainda não me deixaram "à francesa". Seja qual for a causa do efeito, o condado de Lincoln desfruta hoje de um período de paz e prosperidade que até então desconhecera. Não há mais índios, nem criminosos para afugentar os cidadãos de suas ocupações ou perturbar o seu sono. O rebanho erra pelas pastagens em segurança e imensos campos de grão ondulante saúdam os olhos onde, três anos atrás, não se viam vegetações que fossem fruto de trabalho humano.

Where late was barenness and waste,
The perfumed blossom, bud and blade,
Sweet, bashful pledges of approaching harvest,
*Giving cheerful promise to the hope of industry.**

Alegra o olho, estampa contentamento nas faces e ilustra os prazeres do trabalho. O fazendeiro com seu arado, o vaqueiro com sua sela, o comerciante com seu livro-razão, o ferreiro com sua forja, o carpinteiro com sua plaina, o estudante com sua amada, o sapateiro com seu cerol, a costureira com seu ponto e o contador de histórias com seu final feliz, ou vice-versa.

O contador de histórias com seu	A costureira com seu arremate
PONTO	FINAL

* "Onde outrora era aridez e devastação, / A floração perfumada, botão e folha, / Doces, tímidos penhores da colheita próxima, / Dando animada promessa à esperança do trabalho." (N.T.).

Apêndice I

Muito longe da verdade: Billy the Kid no cinema

Baixo, dentuço e franzino, o verdadeiro Billy the Kid jamais pintou nas telas. Hollywood, com raríssimas exceções, sempre filmou a lenda, nunca a realidade. Por muitos anos, a mitificação do Oeste foi realizada sistematicamente através do cinema. A conquista daquele espaço virou um ato glorioso. Um culto a mais para a civilização branca, que precisava de heróis e epopeias para justificar-se perante as novas gerações. Só no final da década de 50, depois da realidade da Guerra da Coreia, é que alguns mitos começaram a cair. Foi como um castelo de cartas. Não sobrou nada. E, de certa maneira, o *western,* como gênero de cinema, praticamente desapareceu. É difícil fazer filmes com anti-heróis, justificar genocídios, negociatas, corrupção, abuso do poder, tudo que se possa imaginar. O sonho norte-americano começou a morrer quando os mocinhos viraram bandidos.

Mas o Billy the Kid cinematográfico, como era? Ele sempre foi forte, de eugenia perfeita. Foi Robert Taylor, Paul Newman ou Kris Kristofferson, dilacerando os corações das meninas que sonhavam com um aventureiro de cavalo branco, um quase *sheik* que as levasse às planícies românticas do Oeste. Os primeiros Billy the Kid do cinema não cheguei a conhecer. Johnny MacBrown, em 1930, sob a direção de King Vidor, fez o fora da lei, enquanto Wallace Beery era Pat Garrett. Robert Taylor, numa produção technicolor da Metro, em 1940, aparecia como Billy Bonnie. Pat Garrett nem era visto nesta romântica versão dirigida por David Miller.

Foi então que surgiu, em 1943, o famoso *The Outlaw* (O Proscrito), com produção e direção de Howard Hughes. Hollywood e os moralistas da época rugiram de ódio. Os personagens principais não eram nem Billy (Jack Buetel) ou Garrett (Thomas Mitchell), mas *Rio,* uma sedutora mulher de sangue índio. Com seios fartos, generosamente expostos em decotes magníficos, Jane Russell destacava-se neste *western* onde aparecia também Doc Holliday (Walter Huston). Contam que Howard Hughes planejou e mandou confeccionar um sutiã especial para ressaltar "os talentos" de Jane na sua estreia cinematográfica. O filme, que esteve proibido por alguns anos, era bem diverso do que estávamos acostumados a ver. Os personagens discutiam muito, havia pouca ação e o conflito não era em torno do amor de *Rio*, mas pela posse de um cavalo. Tenho a impressão – me falha a memória – de que Garrett não liquidava Billy no final. Só me lembro de Jane, quase no início, cuidando de Billy doente. A certo momento, para curá-lo de uma febre, ela começava a despir-se e dizia, "vou aquecê-lo ao meu modo", deitando-se com ele. A cena, que não chegava a ter nem a nudez ou a sugestão explícita dos dias de hoje, esquentou por muitos dias a imaginação da minha adolescente virgindade.

Audie Murphy (não confundir com Eddie Murphy de hoje), que era baixo e relativamente franzino, também interpretou o personagem em *The Kid From Texas* (Duelo Sangrento), de Kurt Neumann, produção Classe B da Universal Pictures.

Chegamos então aos dois filmes mais importantes sobre Billy the Kid. Não tanto pela configuração física dada ao personagem, mas pela forma de situá-lo na realidade do Oeste. Arthur Penn, que tinha experiência no teatro e na TV, escolheu como obra de estreia no cinema *The Left Handed Gun* (Um de Nós Morrerá), em 1957. Paul Newman fazia William Bonney enquanto John Dehner atuava como o xerife Pat Garrett. O tema não era bem o conflito entre os dois homens, mas a tentativa de Billy humanizar-se através do conhecimento e do carinho. Algo que Penn faria ainda melhor em *Bonnie and Clyde,* dez anos depois. Paul Newman criou um Billy controverso, às vezes meio sádico, outras tentando acostumar-se a uma realidade sem violência, a dos que sabiam ler e escrever e acreditavam na justiça dos tribunais, e não na das armas.

Sam Peckinpah, em 1973, inverteu a ordem habitualmente convencionada. O seu filme chamou-se *Pat Garrett and Billy the Kid,* com James Coburn e Kris Kristofferson nos papéis principais. Bem diversa de Arthur Penn, a obra de Peckinpah situava o seu conflito na aceitação ou não das regras de uma sociedade que não admite rebeldes. Garrett e Bonnie foram amigos no passado. O primeiro, bem mais velho, cansado de uma certa contestação andante e sem destino, acaba aceitando a certeza de um emprego bem remunerado. Não importa se quem lhe paga represente o que de mais corrupto e mesquinho exista na terra. A Lei está ao lado do poder, está contra os renegados, os rebeldes, os que se recusam a fazer o jogo do capitalismo respeitável. Garrett, embora contra a vontade, passa a perseguir Billy, porque a existência dele lembra a sua própria fraqueza. Sua resignação ao falso moralismo, a pretensa seriedade da classe dominante. No final, depois de eliminar Billy quase à traição, não lhe deixando possibilidade alguma de defesa, Garrett defronta-se com um espelho. A imagem que ele vê é a do homem em que ele não gostaria de se ter transformado. Aí ele puxa novamente a sua arma e atira no espelho, matando simbolicamente o Pat Garrett de hoje.

Apesar destas duas tentativas mais sérias de ver e situar Billy e Garrett fora da mitificação do Oeste, o cinema continua nos devendo um filme sobre a verdadeira história de William Bonnie. Algo que os apreciadores dos quadrinhos já ganharam quando a EBAL, em 1974, lançou a série *Personagens do Oeste,* álbuns com desenhos do notável e já desaparecido Rino Albertarelli. O primeiro volume da coleção era exatamente sobre Billy the Kid, que Albertarelli fez baixo, dentuço e franzino. Surge agora o livro que está por trás de todo o mito: *A Verdadeira Vida de Billy the Kid,* contada pelo homem que o matou.

GOIDA*

---

* Hiron Goidanich é crítico de cinema.

Apêndice 2

HISTÓRIA DA PUBLICAÇÃO DO LIVRO DE PAT GARRETT

1. GARRETT, Pat F., *The Authentic Life of Billy the Kid, the Noted Desperado of the Southwest.* Santa Fé, New Mexican Printing and Publishing Co., 1882. Capa mole com desenhos coloridos, 137 páginas, nota introdutória, ilustrado. *Extremamente raro. Os primeiros exemplares foram recebidos pela Biblioteca do Congresso em 7 de abril de 1882.*

2. FULTON, Maurice Garland (editor). *Pat F. Garrett's Authentic Life of Billy the Kid.* New York, The Macmillan Company, 1927. Tecido, com a tipologia do título impressa em papel, 233 páginas, prefácio, introdução do editor, nota introdutória, numerosas notas do editor, um frontispício em cor de W. M. Allison, fotografias. *Raro. Este é o livro básico de qualquer coleção de Billy the Kid. A edição cuidadosa e as numerosas notas do coronel Fulton tornaram-no um livro muito superior ao da primeira edição.*

3. GARRETT, Pat F. (O maior xerife do Antigo Sudoeste). *Authentic Story of Billy the Kid.* "Balada de Billy the Kid", "Prefácio" de John M. Scanland, Nota introdutória, "Vida de Pat F. Garrett", "Um Homem Todo Maldade" de Arthur Chapman, e "O Que Foi Billy the Kid?" de Nadia Olyanova. Editado por J. Brussell,

New York, Atomic Books, Inc. 1946. Capa mole com desenhos coloridos, 128 páginas.

Esgotado. Este é o primeiro título de uma série de curta duração, Folclore e Humor americano, publicada para ser vendida por vinte e cinco centavos. É uma breve versão do livro de Garrett, mas bastante bem editada de modo a preservar os incidentes principais. O "Prefácio" e "Vida de Pat F. Garrett" do pequeno panfleto foram tirados do pequeno raro, Life of Pat F. Garrett and the Taming of the Border Outlaw *de John Milton Scanland, impresso em El Paso, Texas, em 1908. "Um Homem Todo Maldade" é extraído do artigo de Chapman em* Outing Magazine, *volume 46, n.º 1, publicado em abril de 1905. Também está incluída uma parte da história de John W. Poe sobre a morte de the Kid tirada de* Wide World Magazine, *dezembro de 1919.*

O único material novo nesta edição é a análise da letra de the Kid, feita por Nadya Olyanova, grafóloga. Não se revelou a esta especialista a identidade de the Kid, e ela realizou uma análise bastante detalhada – concluindo que o poder de discernimento do dono da letra era ruim, o que provavelmente o levava a cometer muitos erros gritantes.

4. GARRETT, Pat F. *The Authentic Life of Billy the Kid, the Noted Desperado of the Southwest.* Houston, The Frontier Press of Texas, 1953. Imitação de couro, 137 páginas, Nota introdutória, ilustrado.

Disponível. Uma reimpressão fac-similar a que foram acrescentadas fotografias de várias das personagens do livro, tiradas da famosa coleção Noah H. Rose.

A história da publicação revela que, embora o livro fosse material de fonte primária, não foi o meio pelo qual se divulgou a versão de Garrett sobre a carreira de the Kid.

A primeira edição é agora extremamente rara, mas teve "o saldo vendido" (se é que usavam essa expressão na época) perto da virada do século. Numa carta datada de 6 de novembro de 1952, Earle R. Forrest, um historiador do oeste, conta a este autor que comprou um exemplar tirado de um cesto na calçada, onde se amontoavam muitos outros que estavam sendo vendidos a vinte e cinco centavos em Santa Fé, em 1907 ou 1908. Keleher menciona um entusiasta pioneiro rolando um carrinho de mão cheio de exemplares comprados a vinte e cinco centavos cada um. O *New Mexican* de Santa Fé era o principal jornal da época, mas não tinha facilidades para distribuir o livro de forma apropriada. Os editores dos oito romances "baratos" contavam, por outro lado, com o "grande fornecedor de leitura para todos", a American News Company, que foi capaz de fazer chegar aos leitores um total estimado em mais de um milhão de exemplares antes de o livro de Pat ser publicado. Embora algumas das histórias estranhas sobre the Kid, publicadas pela primeira vez em romances baratos, tenham aparecido muitos anos mais tarde nas lembranças "concretas" dos que viveram naqueles tempos, foi o livro de Garrett, de tão pobre circulação, que estabeleceu as bases para o crescimento do herói folclórico.

A Texas Cowboy de Charles A. Siringo assegurou a the Kid um lugar notório entre os bandidos do sudoeste. A primeira edição, publicada em Chicago em 1885, é quase tão rara como a primeira impressão do livro de Pat, mas a história da publicação do livro de Siringo é bem diferente. A obra teve várias edições, muitas com capas de desenhos brilhantemente coloridos que vendedores de jornais ofereciam por vinte e cinco centavos nos trens e nas bancas de jornais. Siringo afirmava que um milhão de exemplares de *A Texas Cowboy* teriam sido vendidos durante a sua vida. O livro esteve "à venda" quarenta anos e foi reeditado em 1950 com uma excelente introdução de J. Frank Dobie e com ilustrações de Tom Lea. A versão de Siringo sobre a Guerra do Condado de Lincoln e a carreira de the Kid era a versão de Garrett, e o livro de Siringo conseguiu a distribuição ampla que o livro de Garrett merecia e de que provavelmente teria desfrutado com outro editor. Através de Siringo a versão de Garrett tornou-se a mais conhecida e a mais citada de todas as publicações até hoje.

J. C. Dykes